意地悪な母と姉に売られた私。何故か若頭に溺愛されてます

美月りん

富士見

contents

序章　平穏な朝

「じゃあ、俺の女になれよ」

あなたはそう言って、まるで、繊細なガラス細工を扱うように、そっと私の顔に触れた。

添えた人差し指に力が籠り、顎をくっと持ち上げられる。

これが、夢だと気づいたのは、あなたと唇が触れてしまいそうな距離になって、私の胸が、激しく高鳴ったからだ。触れられた箇所が、ひどく、熱い。

最近は、あなたと出会った頃のことを、こうしてよく夢に見る。

あのときの私は、これから自分の身がどうなっても構わないと、そう思っていた。

「──わかってねえよ」

流れに任せ、上滑りの返事をした私に、あなたは言った。

いまなら、その言葉の意味がわかる。何もかもを諦め、投げやりになって生きる私に、あなたは、真剣に腹を立ててくれていた。

あの頃から、そんな、あなたはやさしいひとだった。

あなたの言うとおり、私は、まるでわかっていなかった。自分を大切にできない私が、幸せになどなれるはずがない、と。

誰にも愛されたことがなかった。そんな自分が、嫌いだった。長く伸ばした前髪は、目の前の現実を見たくなかったから。

誰にも望まれることのない自分など、いっそ、生まれなければよかったと、毎日のように思っていた。

あなたは、そんな私に、愛おしいという気持ちを教えてくれたんだ——。

「……桐也《とうや》さん」

夢から覚めた私の前に、寝息を立てるあなたがいる。夜通し腕枕をしている左腕は、痺《しび》れていないだろうか。

空いているほうの右腕が、応えるように、ぎゅっと私を抱き締める。

いつもは隙なくセットされた髪が、さらりと額に落ちた。いつもはまともに見られない彼の顔を、つい、じっと見つめてしまう。

獅月組《しづきぐみ》の若頭という肩書きにふさわしい、強く意志の宿る切れ長の目は、意外にも長い睫毛《まつげ》で覆われていて。

目を閉じるとやさしい垂れ目になるということを知っているのは、きっと、私だけだ。

そう思うと、どうしようもない気持ちで、体中がいっぱいになってしまう。

私は知らなかった。

愛するひとに触れられ、その力強い腕に抱かれ、甘い声で名前を呼ばれることが、こんなにも胸をぎゅっと切なくさせるのだということを――。

とろとろと幸せなまどろみがやってきて、もういちど目を閉じてしまうまえに、私はそっと、彼の腕から抜け出した。

台所に立ち、朝食の準備をする。今日のメニューは、ほかほかのごはんに具だくさんの味噌汁《みそしる》。だし巻きは彼好みの甘い味付けにして、鮭《さけ》はシンプルに塩で焼こう。デザートのりんごはうさぎの形にしようか――。

そんなことを考えながら、トントンと包丁を動かしていると、寝室から彼が起きる気配がした。

「おはよう、菫《すみれ》」

まだ少し眠たそうな声で、あなたが私の名前を呼ぶ。

「おはようございます。朝ごはん、あともう少し、待っていてくださいね」

そう言うとあなたは頷《うなず》いて、いつものようにコーヒーを淹《い》れた。

「いただきます」

できあがった朝食を囲んで、手を合わせる。だし巻きをひとくち食べたあなたは、今日もきっと「悪くない」と、口元をほころばせながら言うのだろう。

私はそれを想像して、ふっと笑った。

そうしてはじまる、なんでもない一日。でもそれは、私にとってまるで、とっておきの小説の一ページのように大切な一日だ。

これは、母と姉にヤクザに売られた私が、結婚して平穏な幸せを手に入れるまでの物語である——。

第一章　虐げられる日々

「ただいま帰りました」

仕事を終えて帰宅した雨宮菫《あめみやすみれ》は、古びた団地の扉を開いた。

答える声はない。しかし奥の部屋からは、テレビの音と笑い声が二つ聞こえて、菫はため息をついた。

ガチャリ――と、錆《さ》びた鉄扉が鈍い音を立てて閉まる。

その音を聞くたびに、まるで牢獄《ろうごく》に閉じ込められたような気持ちになった。のろのろと薄汚れたスニーカーを脱ぐと、母と姉がいるリビングへと向かう。

「明細」

部屋に入るなり、姉の雨宮蘭《らん》が低い声で言った。

こちらに向かって、片手を出している。今日は給料日だったので、その明細を出せと言っているのだろう。

菫は慌てて、がさごそと鞄《かばん》を開いたが、片手にはスーパーで買った食材を持っていたので、まごついてしまう。

「早く！　ほんっとトロいわね！」

「す、すみません！」

強い口調で急《せ》かされて、ますます見つけることができない。ようやく一枚の紙を取り出すと、蘭はひったくるようにしてそれを受け取って、ふん、と息を吐いた。

「やっぱり減ってる。おかしいと思ったのよ。今日おろしに行ったら、残高がいつもより少ないんだもん。欲しかったバッグにギリギリで焦ったじゃない」

「ごめんなさい……」

菫は頭を下げて、残業が減ったために給料の額が少なくなっていることを説明した。

「あっそ。もしあんたが使ってたんなら許さないって思ったけど、じゃあしょうがないわね」

またねちねちと嫌味を言われるかと思ったが、許されたようでほっとする。

しかし、それも束《つか》の間《ま》、蘭は信じられないことを言った。

「ねぇ、バイトもうひとつ増やしたら？」

えっ、と驚いて顔を上げる。

菫はすでに、仕事を二つ掛け持ちしていた。早朝から弁当を作る工場で働き、それが終われればコンビニのアルバイトへと向かう。それでも生活費が足らず、休日に日雇いへ出かけることだって、あるというのに。

蘭は、まるでなんということもないというように言った。

「ほら、深夜の時間が空いてるじゃない。あんたどうせ、暇でしょう？」

微笑を浮かべた姉の顔は、言葉とは裏腹に、今日も美しい。

お人形のようにぱっちりした目に流行《はや》りのメイク。服装は胸元がざっくり開いたデザインのシフォンのブラウスで、ミニスカートからは自慢の美脚がすらりと伸びている。

今日はヘアサロンに行っていたのだろう。根元まで綺麗《きれい》に染められたブラウンの髪が、ふんわりとカールされていた。

対する菫は、マナーとしてファンデーションを塗っただけの、ほぼ、すっぴん。ファストファッションの服を何年も着ているので、Tシャツはよれよれで、ジーンズも色あせていた。

美容院にも行ったことがなく、伸びっぱなしの長い髪は、傷んでぱさぱさだ。

野暮ったい服装と髪型。そして身体的な疲労から、菫の見た目は二十歳に見えないほど老け込んでしまっていた。

この家で働いているのは、菫だけだ。自分のことは我慢して、こんなにも身を粉にしているというのに。そんな董に、もっと働けと、姉は涼し気な顔をして言うのだった。

これ以上、アルバイトを増やすなんて無理に決まっている——。

言い返そうとしたが、言葉が喉につかえてしまい、声にならなかった。

すると、奥から母——雨宮志保《しほ》の声が聞こえた。

「いいわねぇ。ちょうど近所の工場が夜勤を募集してたわ。行ってきなさいよ」

ネイルサロンで整えた派手な爪に専用のオイルを塗りながら、彼女もにっこりと笑う。

母はいつものように、姉とそっくりの格好をしていた。自分に似て華やかな美人である娘の蘭と、「姉妹のようだ」と言われるのが、彼女の生きがいなのだ。

唇をすぼめて、爪にふうっと息を吹きかける所作は、まるで若い娘のそれである。

「ほらあ、お母さんもそう言ってるじゃない。あんたなんか、どうせいつもつまらない本読んでるだけなんだから。バイトしてお金稼いだほうが、時間も有効活用できるってものよ」

「っ……」

つまらなくなんかない……！

そこだけは否定しようとしたが、また、言葉にならなかった。

もしそんなことを言えば、姉の怒りを買ってまた罵倒される。そこに母まで加われば、一時間は嫌味を言われるだろう。

体はもうくたくたで、言い返す元気もない菫は、思ってもいないことを口にする。

「……考えて、みます」

「そうしなさいよ。あんたブスだし、働くしか能がないんだから」

姉はそう言って、高笑いをした。母もそれに賛同し、笑い合う。

ふたりは今日も、買い物に出かけていたらしい。

部屋には真新しいブティックのショッパーが、開封もされないまま、あちこちに散らばっていた。ファッションに疎い菫でも知っているようなハイブランドのものまで、無造作に転がっている。

入ったばかりの給料で、さっそく豪遊をしたのだろう。そのなかから、菫に手渡される生活費はごくわずかだ。当然、自由に使える小遣いは残らない。

菫は幼い頃からずっと、こうして母と姉に馬鹿にされ、虐げられながら生きてきた。

しかしそれはすべて菫のせいで、菫が悪い、ということらしい。

若気の至りで結婚をした両親は、菫が生まれてすぐに離婚をした。それから母はホステスとして働き出すが、彼女にその仕事は向いていなかった。

そのせいで常にイライラするようになり、いつしかそのストレスを菫だけにぶつけるようになる。

「あんたのせいで、私はこんなことになったんだからね！」

真っ赤な口紅を引きながら、母はよくそう言った。

理由はわからないが、夫が出て行ったのは、菫が生まれたせいらしい。

菫は、そのとき鏡越しに見た彼女の顔を、よく覚えている。長い睫毛《まつげ》で覆われた目は、吊《つ》り上《あ》がっていても美しかった。

「それに、あんたって、私にちっとも似ていない。あいつにそっくりよ！」

あいつというのは、菫の父親のことだ。菫の顔は、自分を捨てた憎き夫にそっくりの不器量で、母はそのことも気に入らないらしい。

彼女はまるで、うまくいかない人生の恨み辛みを晴らすかのように、菫を見るたびにそれらの言葉を浴びせた。そして、自分によく似た美人の姉ばかりを可愛《かわい》がった。

子どもというのは残酷だ。「母に似た」姉が、一緒になって菫を見下すようになるまで、時間はかからなかった。

女手ひとつで育ててくれた母には感謝をしている。だから、高校を卒業してすぐに働けと言われても逆らわなかった。

けれど、働いた給料はすべて家のものとして奪い取られ、家事もすべて押し付けられているこの現状に、菫はもう、ほとほと疲れてしまっていた。

どうして私だけが――。

買い込んだ食材をどさりとおろし、ため息をつく。

毎日の労働。帰宅をすれば山のような家事が待っていて、休日だって、ろくにない。

夕飯は仕事の合間に食べたコンビニのおにぎりひとつだけだが、働き過ぎて腹も減らず、もういますぐにでも眠ってしまいたかった。しかし。

「菫、小腹減ったからなんか作って」

と、リビングから姉の声が飛んできた。続けて、酒《さけ》の肴《さかな》も作れという母の声。

外食好きのふたりは食事にうるさく、そう言われたら気の利いた料理を用意しなければならない。しかし体はもうくたくたで、返事をすることすらできなかった。

ゆらり、と視界が歪《ゆが》む。

「なにボーッとしてんのよッ！」

冷蔵庫に酒を取りに来た母が叫ぶように怒鳴り、我に返った。

「ごめんなさい」

菫は体を小さくして謝る。その様子を見て、母は苛立《いらだ》ったように顔をしかめた。

「ああ、もう。その陰気くさい顔！　本当にあいつそっくり！　鬱陶しいったらないわ」

いつもの決まり文句。しかしもう、悲しいとも何も感じない。

「ただでさえブスなのに、こんなにトロくてどうするのよ！　さっさとしなさい！」

菫はもう一度、「ごめんなさい」と謝罪の言葉を口にした。それは幼い頃から何度も口にしている言葉で、もう口癖になっていた。

「あ、ついでにお風呂も沸かしといてちょうだい。早くしてね」

テレビを観《み》て笑いながら、姉が振り返りもせずに言った。

「わかりました」

と、敬語で答える。これも、幼いころからの口癖だ。母と姉からの言葉の暴力に耐えているうちに、自然とこうなってしまった。

なぜ家族に虐げられなければならないのだろう。

いつまでこんな生活を続ければいいのだろう。

どうして私だけがこんな目にあうのだろう。

様々な疑問が浮かんでは消えていく。菫は大きく息を吸い、ゆっくりと吐き出した。

そんなことは考えても無駄だ――。

自分はこの家から逃げ出すことはできない。きっと一生、このままだ。

菫はもう、何もかもを諦めてしまっていた。

すべての家事を終えて、自室に戻った菫は、ようやく安堵《あんど》の息を吐いた。

「ふぅ……」

自室といっても、小さな机だけしか置いていない、物置のような部屋だ。エアコンもなく、夏は蒸し風呂のように暑い。生活費の余りを貯《た》めて買った扇風機のスイッチを入れると、ぶうんと鈍い音がした。座布団を壁にあててクッションがわりにして座り、表紙カバーのない裸の文庫本を広げる。

読書は菫の、唯一の趣味だ。よく行く商店街の路地裏に小さな古本屋があって、カバーのないものや破れたり折れたりした本が、店先のワゴンに積まれて、タダ同然で売られている。

菫にとってそこは、宝の山だ。

休日になるとそこへ出かけ、何冊か本を買う。純文学からエンタメ小説まで、菫はジャンルを問わずなんでも読んだ。

本は、いい。本を開けば、あっという間に、違う世界に行くことができる。そこではなんにだってなれるし、どこへだって行けるのだ。

そして、何よりも——このつらい現実を忘れることができる。

物語に没頭し始めたころ、机に置いたスマートフォンが小さく震えた。画面に表示された名前を見て、菫は現実に引き戻される。メッセージアプリを開くと、高校時代にお義理で誘われてから入ったままになっている、グループチャットが盛り上がっていた。話題は大学のサークル活動。内容を見て、菫の心がずきんと痛んだ。

菫が通っていたのは公立の進学校で、生徒のほとんどが大学に進んでいる。知っている限りで、進学をしなかったのは自分だけだ。

勉強は得意なほうで、成績も決して悪くはなかった。しかし学費を払うためにアルバイトをしなくてはならず、上位だった成績は次第に落ちていってしまった。

遊ぶ暇もなかったので、友達もろくにいない。

仕事をはじめてからは、お義理で同窓会に誘われることすら、なくなってしまった。

普通の学校生活、友達との青春、大学への進学――菫がそのすべてを諦めたのは、家族のためだ。それなのに感謝をされるどころか、こうして毎日のように罵倒され、家事も労働も押し付けられている。

どうして私だけが――。

開いたページの文字が、ぐにゃりと歪んだ。

ああ、またこの感覚だ。

全身が真っ黒な感情に支配されそうになり、菫は慌てて首を振る。その拍子に、鼻まで伸びた前髪がはらりと落ちて、目の前の景色を覆い隠した。

そうだ、つらい現実なんて、こうして見なければいい──と、自分に言い聞かせる。何も考えず読書に集中するため、菫はスマホの電源を切った。

そうしてしばらく時間が経《た》ったころだろうか。

ブーッと、インターフォンが鳴った。

（こんな夜に誰だろう）

菫は警戒したが、住んでいる団地は築年数の古い建物で、オートロックはもちろん、インターフォンに画像モニターもついていない。なので、来客があったときは、ドアを開けて直接確認をするしかなかった。

ブーッブーッ──。

急《せ》き立《た》てるように、何度もブザーが鳴る。

買い物好きの姉が、通販でまた何か購入したのだろうか。自分で頼んでおきながら、日中の受け取りを忘れた商品が、こうして再配達されることがよくあった。

誰も出ないので、菫は仕方なく読書を中断して立ち上がる。

ガチャリ──玄関のドアを開けると、スーツ姿の三人の男たちがいた。

その風体は、どう見ても配達員ではない。

（誰……？）

ひとりはすらりと背の高い、スーツ姿の若い男。そしてその両脇に、オールバックの髭《ひげ》面《づら》と坊主頭の男が、まるで対の仁王像のように立っていた。

「よう、邪魔するぜ」

と、若い男が言った。

切れ長の鋭い目に、すっと通った鼻筋の美しい男だ。両耳には、黒い石のピアスが光っている。その声は穏やかであったが、妙な凄《すご》みがあった。

（お姉ちゃんの彼氏……？）

姉は菫と違って、学生時代から恋人が絶えず、その相手は彼女にお似合いの派手な美形揃《ぞろ》いだった。しかしこの男は、そういう相手とは何か違う雰囲気を纏《まと》っている。

言うなれば――堅気ではない。

しかし菫は、そんなことを気にする余裕もないほどに疲れ切っていた。

堅気であろうがなかろうが、そんなことはどうでもいい。

怖がったり、不安になったり……菫はもう、そういう普通の感情を呼び起こすことすら、億劫《おっくう》になっていた。

「どちらさまでしょうか」

淡々と応対すると、男は一瞬真顔になった。対の仁王像も、顔を見合わせている。相手が何も答えないので、菫は再び訊《き》いた。

「あの、どちらさまでしょうか」

するとなぜか、若い男はニヤリと笑った。

「この家に、蘭って女はいるか？」

「蘭は姉ですが」

「そいつに用があってな。家に上がらせてもらえねえか？」

やはり姉の知り合いのようだ。ならば心配ないと、菫は頷《うなず》く。すると。

「恩に着るぜ。このご時世、無理やり入るってわけにはいかなくてな」

そう言って、男たちはずかずかと家に上がり込んだ。

無理やり――その言葉を聞いて、ようやくハッとする。しかしすでに遅く、男たちはリビングまで押し入っていた。ふたりの叫び声が聞こえる。

「お母さん！　お姉ちゃん！」

慌ててあとを追いかけると、坊主頭が声を張り上げていた。

「おい、テメー！　舐《な》めたことしてくれたなぁ⁉」

蘭の肩が、びくりと上がる。志保が金切り声を上げた。

「なんなのあんたたち!? いきなり入ってきて！ 警察を呼ぶわよ！」

すると今度は髭面が、ぐっと距離を詰めて凄む。

「ああ!? んだと、コラァ!?」

ひっ、と志保が息を呑《の》んだ、そのときだ。

「オイッ」

ビリリ、と空気が震えた。声を発したのは若い男だ。

「落ち着け。素人さんを脅かすんじゃねえよ」

坊主頭と髭面は「兄貴！ すみませんでした」と、口をそろえた。

「挨拶がまだだったな。俺は獅月組《しづきぐみ》の若頭やらせてもらってる日鷹桐也《ひだかとうや》だ。今日は、あんたの娘に用があってな」

獅月組——その名前を聞いて息を呑む。

それは一般人の菫でも知っている、このあたりでは名の知れた極道だ。

「ヤ、ヤクザがいったい何の用なのよ!? 蘭！ やっぱり警察を——」

「呼んでも無駄だぜ。俺たちは正当な理由があって、この家に来たんだからな」

「正当な理由……？」

桐也と名乗った男はニヤリと笑って、蘭を見やった。

「おい、嬢ちゃん。うちの若いもんが困ってんだよ。何度も借金を踏み倒す、厄介な女がいるってな。この俺を直々に来させるとは、いい度胸じゃねえか」

「しゃ、借金？　いったいどういうことなの？」

志保はうろたえて蘭を見たが、姉は答えずに目をそらす。代わりに桐也が口を開いた。

「あんたの娘が、うちの系列から金を借りていてな。それが積もり積もって二百万」

「二百万⁉　蘭！　いったいどういうことなの⁉」

親指の爪を嚙《か》んで、しばらく黙っていた蘭だが、志保がしつこく問いただすと、ようやく観念したように口を開いた。

「……し、知り合いに紹介してもらったの……簡単に貸してくれるって言うから……」

「どうしてお金なんて借りたのよ⁉　しかもそんなところで！」

「だぁって！　服とかバッグとか欲しかったんだもん！　それに今月は、カイトの生誕もあったし……」

蘭はそう言って、まるで子どものように唇を尖《とが》らせた。

「テメーの見栄《みえ》とホストの掛けでパンク寸前。それでうちに駆け込んだってわけか。哀れな女だ」

「なっ、何よ！　あんたには関係ないでしょ！」

「ああ、その通り関係ねえよ。あんたがどんな理由で破滅しようと、な。ただ、借りた金だけはきっちり返してもらう。それだけだ」

さっきまで穏やかな口調で喋《しゃべ》っていた桐也の表情が変わった。

「わかったら二百万、耳揃《そろ》えて返さんかいッ！」

ひっ、と身を縮こませながらも、蘭は言い返す。

「で、でも、そんな大金、急に言われても無理よ！」

「返す方法はいくらでもあんだろ。あんた、いくつだ？」

「二十二……」

「未成年じゃねえな。じゃあ、問題ねえ」

含みのある言い方に、おそらく体を売れと言っているのだろうと察した蘭と志保は、ハッとして顔を見合わせた。

「イヤよッ！　私、そんな店なんかで絶対に働かない！」

「そ、そうよ！　うちの娘を見くびらないでちょうだい！　それ以外にも、返す方法はあるでしょう!?」

「ああ!?　テメーらに拒否権なんてねえんだよ！」

坊主頭が怒鳴る。

「だったらどうして、少しずつでも返さなかった？　俺たちは何も不当な金貸しをしてるわけじゃねえ。あんたには猶予までやった。それをここまでされたら、さすがにこっちの顔が立たねえんだよ」

そう言われて黙り込んだ姉を見る限り、彼の言うことは本当なのだろう。菫はどうすることもできず、彼らとのやりとりを、呆然《ぼうぜん》と眺めていた。

姉が金に困っているのは知っていた。菫の給料を自由に使っているのにも拘《かか》わらず、何度も無心をしてきたからだ。

アルバイトを増やせと言ってきたのも、この件があったからなのだろう。

ブランドの服も鞄《かばん》も、姉はすでに山ほど持っている。それなのに借金をした挙句、ホストクラブに通っていたなんて……。

そういえば、最近は夜遅くに酔っ払って帰宅することがよくあった。

そんな理由で借金までしていたのかと思うと、あのヤクザの言うとおり姉は哀れな女なのかもしれないと、そんなことを思った。

「ねえ、お願い！　もう少し待ってよ！　必ず返すから！　ねっ、お願いよ～？」

気の強い彼女が、這《は》いつくばる勢いで男たちに懇願している。

気の毒ではあるが、うちにそんな大金がないのは本当で、だから、助ける術《すべ》もない。

蘭の上目遣いを無視して、桐也が言った。

「あんたはもう信用できねえ。こっちの約束を何度も破ったんだからな。二百万分、きっちり働いてもらうぜ。おい、連れていけ！」

髭面と坊主頭が「うすっ」と、腕を摑《つか》む。

「い、嫌ッ！　放してッ！」

「やめて！　この子を連れて行かないでちょうだい！　せっかく綺麗《きれい》に産んだの！　私の大事な娘なのよ！」

蘭と志保は激しく抵抗したが、桐也の表情は変わらない。

「抵抗しても無駄だ。テメーが若い女だったことに、むしろ感謝するんだな」

蘭が唇を嚙んで、おとなしくなる。

何を言っても状況は変わらないと、観念したのだろう。

菫はそう思ったが、姉は「若い女……」と呟《つぶや》いたあと、信じられない言葉を口にした。

「だ、だったら、この子を！　菫を代わりに連れて行ってちょうだい！」

突然に名指しをされた菫は、「えっ」と顔を上げる。

「こう見えて二十歳だから問題ないわ！　若い女なら誰でもいいんでしょう？　ブスだか

ら結婚もできないだろうし、ちょうどいいわよ！　ねえ、菫！　いいでしょ？」

それはまるで、なんてことのない頼みごとのように、蘭は菫を振り返って言った。

――この人は、いったい何を言っているのだろうか？

頭が真っ白になり、思考が停止してしまう。

自らの借金を返すため、実の妹をヤクザに売る？

その先は姉自身があんなにも嫌がっていた、女を売りにする仕事だ。

それが、不器量な自分なら傷つかないと、彼女はそう言うのだろうか？

あまりのことに言葉が出ない。怒りと悲しみが綯《な》い交《ま》ぜになり、体が小さく震えた。

そんなこと、あっていいはずがない。しかしあの姉なら、きっとこの無茶な要求を、命令として押し切ってしまうだろうと、そう思った。

誰か、助けて――。

感情を押し殺して生きてきた菫の顔に、恐怖の色が滲《にじ》む。

咄嗟《とっさ》に、母を見た。それは彼女にとって、最後の望みだ。いくらなんでもこんなこと、もし、まっとうな心を持つ親であれば許すはずがない。

姉が売られることに抵抗したように、自分にだってそうしてくれるはずだと、菫は思った。

だが、しかし――。

「お、お母さ――」

その呼び名を言い終わらぬうちに、彼女は絶望的な言葉を口にした。

「そうね、それがいいわ！」

菫のわずかな希望は、音を立てて崩れた。

まさか、母までもが自分を売るなんて――。

愛されていないことは承知だった。

でも、それでも。

腹を痛めて産んだ我が子を、不幸になるとわかって他人に差し出すとは思わなかった。

いや、思いたくなかった。

この家には、自分を助けてくれる者は誰もいない。それどころか、生まれたときからずっと邪魔者で、とうとう追い出されたのだ。それも、ヤクザに売られるという最悪の形で。

ふっと、なぜか笑みが零《こぼ》れる。

ああ、それは違う。ずっと昔から、自分の人生は最悪だったじゃないか――。

「菫！　いいでしょう？」

母はまるでそれが最善の策だと言わんばかりに、笑顔でそう言った。

「わかり……ました……」

もう、何もかもがどうでもいい――。

真っ黒な闇が、とうとう菫の体中を支配した。

ふと視線を感じて顔を上げると、桐也がじっとこっちを見ている。

「兄貴！　いくらなんでもこの子は……」

「ああ、ちょっと、なぁ……」

髭面《ひげづら》と坊主頭が慌てた様子で言った。

菫の容姿では男性相手の商売は務まらないと、そう言いたいのだろう。

どうやら自分は、ヤクザからもお荷物らしい。しかし桐也は、二人をぎろりと睨《にら》んだ。

「うるせえ！　黙ってろ！」

「さ、さーせん！」

そして向き直り、菫に問うた。

「――あんたはそれでいいのか？」

「えっ？」

「だから！　テメーの意見を聞いてんだよ！」

「私が代わりでも、借金はチャラになるのですか？」

「ああ、あんたの自由はなくなるけどな」

自由など、もとよりない。

この家を出て、別の地獄に行くだけだ。

「……はい、構いません」

菫が頷《うなず》くと、桐也は不満そうに顔をしかめた。そして——。

「おまえ、意味わかって言ってんのか」

なぜか怒ったように、菫の胸倉を摑む。しかし菫は平然として言った。

「——はい。任侠《にんきょう》ものの小説はわりと好きですから」

すると、桐也は一瞬真顔になったあと、弾《はじ》かれたように笑い出した。

「ふっ……ははは！　気に入ったぜ。わかった。じゃあ、あんたを連れて行く。また迎えに来るから、それまでに準備をしておけ。逃げるんじゃねえぞ」

菫は頷く。

家族に捨てられた自分に、もう逃げる場所などなかった。

その夜、久しぶりに夢を見た。菫がまだ、幼い頃の夢だ。

「蘭は私に似て、本当に美人ねぇ」

母がにこにこしながらそう言って、ドレスのようにひらひらした、レースのワンピースを姉に着せている。

「本当に、お姫様みたい。学芸会で主役をやるなんて、お母さん、鼻が高いわぁ」

「ふふっ。私、大きくなったら女優になるの！」

「蘭ならきっとなれるわ。将来は女優になって、お母さんを楽させてちょうだいね」

「うんっ！」

姉は無邪気に頷くと、長く美しい髪を得意げに揺らした。もっとお姫様に近づくようにと、きらきらした髪留めのゴムを取り出して、母がその髪を結う。それがうらやましくて、菫もおずおずと口を開いた。

「お母さん、あの、ね。私、今日、作文が褒められたの……」

そう言って、震えながら作文の用紙を差し出す。するとさっきまで満面の笑みだった母の顔が、急に真顔になった。

「は？　作文？　それがどうしたっていうのよ」

「えっ……」

「そんなのを褒められたって、なんの足しにもならないわ。あんたって本当に、なんの取り柄もないわね！」

「ご、ごめんなさい……」

「ああ、もう。その陰気くさい顔！　ブスなんだから、愛想くらいよくしなさいよ！」

強い口調で責め立てられた菫は、もう謝罪の言葉も出ない。

母から罵倒される菫を、姉が馬鹿にしたように笑った。惨めさと恥ずかしさで顔が真っ赤になり、消えてしまいたくなる。

「さ、こんな子は放っておいて、私たちはレストランに行きましょう。蘭が主役を射止めたご褒美よ」

「やったぁ！」

と、姉がうれしそうな声を上げる。

「あんたは部屋の掃除をしておきなさい。ゴミひとつ落ちていたら承知しないからね」

そう言われた菫は、小さく「はい」と頷いた。

毎日のように「うちが貧乏になったのはおまえのせいだ」と言われ続けている菫が、自分も一緒に行きたいなどと、言えるわけがない。

ふたりを見送ったあと、菫は小さな手で、古い型式の大きな掃除機を取り出す。

(お部屋を綺麗にしなきゃ……)

もし、母の言いつけを完璧に守れば、今度こそ褒めてもらえるかもしれない。

菫はそう思って、一生懸命に重い掃除機を動かす。

でも、それは無駄な行為だった。

菫はもう、わかっている。いくら家事や仕事を頑張ろうと、母に褒められることはない。

やさしい言葉をかけられるなど、夢のまた夢なのだと――。


目を覚ました菫の頬に、涙がひとすじ乾いていた。

きっとこれは、最後の涙だと、菫は思う。

のろのろと起き上がった菫は、身支度をはじめた。鞄《かばん》を取り出して、しばらくの生活用品を詰め込む。借金の額が大きく、住み込みで働かなければ間に合わないと、そう言われたからだ。

といっても、菫の持ち物は少ない。くたびれた洋服が数枚と、日用品、読みかけの文庫本、それだけだ。

これから家を出るとは思えないほどの小さな鞄に、そのすべてはおさまった。

そうこうしているうちに約束の時間がやってきて、菫は立ち上がる。

いつも昼過ぎまで寝ている母と姉は起きる気配すらなく、とうとう菫を見送ることはなかった。

＊＊＊

菫を迎えに行く車内で、桐也は窓の外を流れる景色を見ていた。

「兄貴が女を迎えに行くなんて珍しいっすね」

ハンドルを握る馬場《ばば》勝《まさる》――通称マサが言った。

「あ？　どういう意味だ」

「なつかれても面倒だって、いつもすぐ店に引き渡すじゃないっすか」

「――別に。ただのついでだ」

納得いかないというふうに口を尖《とが》らせたあと、マサはハッとして言った。

「あっ、さてはすっげえ美人っすね⁉　ダメっすよ、商品に手ぇつけちゃ！」

「バーカ、そんなんじゃねえよ」

呆《あき》れてため息をつく。

「っすよね！　兄貴、女に興味ないし。でも、モテるのにもったいないっすよ。まぁ、それでこそ兄貴っすけどね！　獅月組のレッドはやっぱ兄貴っすよ！」

桐也は景色から視線を外さず、「レッドってなんだよ」と突っ込みを入れる。

金髪頭の舎弟は意気揚々と、戦隊ヒーローにおけるレッドの意義について語り始めた。

それを聞き流しながら、桐也は考える。

マサの言うとおり、桐也が自ら女を世話することは、滅多にない。

職業柄、様々な女に出会ってきた。

蘭のように、後先を考えず欲望で身を亡《ほろ》ぼす者。そうかと思えば、好いた男のために自ら志願する者もいた。

女が体を売る理由に、興味はない。こちらは金さえ返してもらえば、それでいいのだから、情けは無用である。

それなのに──あの女のことが、なぜか気にかかってしまった。

（いや、理由はわかっている。あの目だ──）

桐也は、あのとき菫が見せた目を思い出す。

それは、闇にのまれてしまったような、漆黒の瞳だった。

人は感情を目で語る。悲しみ、怒り、そして畏れ──。

しかしあんな状況に陥りながら、彼女の瞳には、そのどれも映し出されていなかった。

それはまるで、感情を忘れてしまった人形のように空虚な瞳。

玄関先で桐也たちを見たときも、顔色ひとつ変えなかった。騒ぎ立てる母親と姉を見てもまるで他人《ひと》ごとのよう。それどころか、自分が家族に売られたときですら、淡々とそれを承諾したのだ。

そう、あの女は家族に売られた――。

桐也はチッと舌打ちをすると、髪をぐしゃりと掻《か》いた。

その無感情な彼女の瞳が、一瞬だけ、見開かれたときがある。か細く小さな声だが、桐也には聞こえていた。

お母さん、と――。

すがるように、その名前を呼んでいた。しかしその母親にあっけなく手を離されて、彼女の瞳はそのときに一瞬だけ、絶望という感情を映したのだ。

(俺は、あの目を知っている――)

どろり、と化け物のような闇がやってきて、鍵をかけたはずの記憶を、ずるずると引き出そうとする。

もう一度大きく舌打ちをすると、煙草《たばこ》を取り出して、火をつけた。

俺はあの女に同情しているのか――？

わからない。

ただ、あの素朴で哀れな女を、これ以上傷つけたくないと、そう思ってしまったのだ。

第二章　まるでシンデレラのように

迎えが来て菫《すみれ》が連れて行かれたのは、郊外にある大きな日本屋敷《やしき》だった。

門には一枚板の看板に、筆文字で『獅月組《しづきぐみ》』と書かれている。入るなり、黒服の男たちが出迎え、桐也《とうや》に「ご苦労さんです」と頭を下げた。

通された応接室は広く、重厚感のある木のテーブルを挟んで、革張りの黒いソファが向かい合わせに置いてある。

「まぁ、座れよ」

促されて菫が腰掛けると、桐也は対面に座って脚を組んだ。いかにもというシチュエーションは、まるで映画のセットのようで現実味がなく、不思議と怖くはなかった。

「――ずいぶんと落ち着いているんだな」

言われて、顔を上げる。

おそらく、菫が怖がったり取り乱したりしないことを、落ち着いていると、そう表現したのだろう。

そもそも菫は、普段から感情を大きく表に出すことがない。毎日のように母や姉から罵倒され、自分の気持ちを押し殺して生きてきたからだ。

なんと答えればよいかわからず黙っていると、桐也は「まぁ、いい」と言って、菫に向き直った。

「ここは獅月組の事務所だ。これからおまえのことは、うちが預かる。俺は若頭の日鷹《ひだか》だ」

桐也はそう言って、す、と名刺をテーブルに置いた。

そこには『獅月組』の文字と、月に吠《ほ》える獅子《しし》の代紋。そして『若頭』という肩書きと、彼の名前が書かれていた。

「おまえは？」

「……雨宮《あめみや》菫、です」

自然と頭が下を向き、小さな声で答える。それは、恐怖からではなかった。

菫は自分の名前を気に入っていない。不器量な自分に、美しく可憐《かれん》な花の名前は似合わないと、そう思っているからだ。

「学生か？」

首を振る。工場とコンビニで働いていることを告げると、桐也は少しのためらいのあとで、今からその仕事はすべて失うことになると言った。

「おまえには姉貴の代わりに、うちが面倒を見ている店で働いてもらう。もうガキじゃねえんだ。どんな店かは、わかってるよな？」

菫は頷《うなず》く。働きづめで世間のことには疎い菫だが、母はホステスをしていたし、生活で苦労をしてきたぶん、そういう世界のことはよく知っているつもりだ。

──あんたの顔がよければ、体でも売れたのにね。

酔っ払った母に、笑いながらそう言われたこともあった。さすがに酔いのせいだろうと思っていたのだが、こうして菫を、あっさりヤクザに売ることを承諾した彼女を見る限り、あれは本気の言葉だったのだろう。

自分の運命は、あの頃から決まっていたのだとそう思い、ふ、と自嘲の笑みが零《こぼ》れる。

恐れも悲しみも、もう忘れてしまった。

とっくに諦めた人生だ。それが、借金のカタとしてヤクザに売られるという末路を迎え、いま菫に残っている感情といえば、虚《むな》しさだけ。

「──覚悟はできたか？」

「はい」

もはや抵抗する元気すらも残っていない菫は、淡々と返事をした。しかし桐也はその反応を見て、なぜか苛立《いらだ》った様子を見せる。

「この世界は、小説みたいに甘くねえぞ。おまえはな、これから俺の言うなりになるんだ。テメーの意思は関係ねえ。おまえは生きた商品。つまり――奴隷なんだよ」

奴隷――。

菫はその言葉を反芻《はんすう》した。しかし今までの生活がそうでないと、どうして言えるだろう。むしろ、相手に大義名分があるだけましだと、そんな言葉を浴びせられてもなお、菫の心は動かなかった。

「はい」

また同じ返事をすると、桐也はやはり不満そうな顔をした。

「本当にわかってんのか？」

「はい」

「俺の言うことはなんでも聞くのか？」

「はい」

「どんな理不尽なことでもか？」

「はい」

「じゃあ――」

桐也は立ち上がり、つかつかと菫のほうへ歩み寄った。

「――俺の女になれよ」

重厚感のあるソファが、ぎしりと鳴る。

桐也の顔がぐっと近づき、菫の顎に人差し指が添えられた。そのまま持ち上げられ、唇が触れそうなくらいの距離になる。

不躾《ぶしつけ》に触れられても微動だにしなかったのは、こんなとき、どんな反応をすればいいのか、わからなかったからだ。

目の前にある彼の顔を、つい、じっと見つめる。

すっと通った鼻筋に、薄い唇。野生の狼《おおかみ》のような鋭い目つきは、漆黒の闇もひと睨《にら》みで切り裂いてしまいそうだ。

（やっぱり、綺麗《きれい》な顔……）

まるで美術品を見るような感覚で、そんなことを思う。

俺の女になれ、というのは、すなわち情婦になれということだろうか。借金を返すのに、そういう方法もあるのだろう。そう思った菫は、眉ひとつ動かさずに言った。

「――はい」

虎目石のような色をした桐也の瞳が、一瞬だけ見開かれる。そして、大きく舌打ちをしたあと、すっと菫から体を離した。

「――わかってねえよ」

そう言って席を立つ。そのまま部屋の外へと出て行った桐也を目で追いながら、菫は思った。

ああ、私はまた、間違えたのだ――と。

おそらく彼は、冗談を言ったのだろう。しかし菫は、それを真に受けてしまった。見栄えのする顔立ちで、しかもヤクザの若頭という地位にあるこの男が、自分なんかを情婦にするわけがない。

少し考えればわかることであったのに、と菫は自分を責めた。

昔からそうなのだ。冗談を、それとして受け止めることができない。そのせいで、学生時代は幾度となく顰蹙《ひんしゅく》を買った。

でも、それは仕方のないことだった。菫には、冗談を楽しんだ経験が一度もない。そういうコミュニケーションは、通常家族から教わるものだから。

(どうしよう……)

菫はうつむきながら、出て行った彼を追いかけてでも謝罪したほうがいいだろうか、などと、そんなことを考えていた。

本来であれば、いくら借金のカタとはいえ、身代わりで不当な扱いを受けている菫が、そんなことまで気にする必要はない。

しかし、常に母と姉の機嫌を窺《うかが》って生きてきた菫は、自分の言動で人を怒らせてしまった場合はすぐに頭を下げなければ大変なことになると、そう思い込んでいた。

ガチャリ、と再びドアの開く音がして顔を上げる。その瞬間、菫は立ち上がって深く腰を折った。

「すみませんでした」

しかしいつまでたっても、怒鳴り声は降ってこない。

「何を謝ってんだ？」

「え」

頭上から低く静かな声が聞こえ顔を上げると、そこにはお盆にカップをふたつ載せた桐也が立っていた。

「謝るのはこっちだ。悪かった――飲むか？」

そう言って、ことり、と静かにカップが置かれる。

借金をしている身の上で、図々《ずうずう》しく飲んでいいものかと迷ったが、淹《い》れたてのコーヒーのほろ苦い香りが鼻を抜け、つい「はい」と気軽な返事をしてしまった。

「いただきます」

ソファに座り直し、カップを手にひとくち飲んだ菫は、目を丸くする。

味わったことのない深いコクと、心地よい苦み。それに、どこか甘い香りもあって、ふっと肩の力が抜けてしまった。

「……コーヒーって、美味《おい》しいものだったんですね」

思わず素直な感想を言うと、桐也がカップを持つ手を止めた。

「なんだよ。いままで美味《うま》くねえのに飲んでたのか？」

「そういうわけではないのですが……」

仕事と家事に明け暮れていた菫にとって、コーヒーは単なる眠気覚ましの飲み物だった。

睡眠不足の疲れた体に、缶コーヒーや安物のインスタントを流し込むだけで、ゆっくり味わったことなどなかったのだ。

「こんなに美味しいコーヒーは、はじめて飲みました」

「そうか。豆には少し、こだわりがあってな」

桐也はそう言って、自分も口をつけた。

（あれ？　いま、笑った……？）

若頭の肩書きにふさわしく、常に威厳を保っているその表情が、一瞬だけ、ふ、とほころんだように見えたのだが——気のせいだっただろうか。

カップを置いた桐也は、もとの仏頂面に戻っていた。

それが見間違いであったとしても、もてなす必要のない菫のために、わざわざこだわりのコーヒーを淹れてくれたことは間違いない。それを飲んで、ほっと力が抜けた菫は、それではじめて、自分がそれなりに緊張をしていたことを知った。

それはとてもおかしなことだ。相手はヤクザで、菫はいま、商品として品定めされている最中であるというのに。

——この人は、悪い人ではないのかもしれない。

などと、そう思ってしまった。

再び沈黙が流れ、静かな部屋にカップを置く音だけが響く。

「ところで——おまえの母親と姉貴は、いつもああなのか？」

「えっ？　ああ、というのは……」

「その、なんつーか……おまえに対していつもあんなふうに冷たいのかって話だよ。普通に考えてありえねーだろ。血を分けた妹を身代わりにするなんてよ。それに手放しで賛成する母親も母親だ」

自分で尋ねておきながら、桐也は少し気まずそうにしている。

どう、答えたらいいのだろう。

菫は少し考えてから、ありのままを口にした。

「……母と姉は私のことが嫌いなんです。ブスだし、いつもグズだから……」

「は？　それだけでか？」

桐也は、信じられない、という顔をしたが、菫は「はい」と単調な返事をする。

自分が生まれたせいで父が出て行ったこと、そのせいで母が苦労したことなど、詳しい理由は話さなかった。初対面の相手に、そこまで家庭の事情を話しても仕方がないだろうと、そう思ったからだ。

桐也はその理由に納得がいかないのか、顎に手をあてて何かを考えているように、菫のことをじっと見た。そして。

「なぁ、今からちょっと付き合え」

と、戸惑う菫を強引に連れ出した。

桐也の運転する車でやって来たのは、いかにも高級そうな路面店のブティックだった。

主に女性ものを扱っている店のようであったが、桐也は躊躇《ちゅうちょ》なく、つかつかと店内を進んで行く。すると奥にいた女性店員が彼に気づき、ぱっと顔を明るくした。

「日鷹さま。ご無沙汰しております」

駆け寄って辞儀をすると、桐也は「おう」と答えた。どうやら、馴染《なじ》みのようである。

「新作が入っておりますよ」

店長と呼ばれた女性がそう言うと、ハンガーラックにかけられたきらびやかなドレスを、慣れた手つきでしゃらしゃらと手に取った。

いっぽうの菫のほうは、顔を上げることもできずに縮こまっていた。

こんな高級店に入ったのは、はじめてのことである。いや、それどころか菫は、まともなアパレルショップにすら入ったことがない。

モード系のファッションに身を包んだ店員は、すらりとしたモデルのような美人だ。細身のスーツを着こなす美形の桐也も、この店によく似合っている。

みすぼらしい格好にぼさぼさ頭の自分はこの上なく場違いで、いたたまれなかった。

(どうしてこんな場所に私を……？)

理由がわからず、桐也の顔を見上げると、視線がぶつかった。

「おまえ、どんなのが好みだ」

「え……」

唐突に訊《き》かれて、面食らう。洋服の好みを訊かれているのだということはわかるが、いままで値段でしか衣服を選んだことのない菫に、そんなものはない。学生時代からアルバイトに明け暮れていたので、友人と遊ぶ暇もなく、流行のファッションにも疎かった。

「……わかりません」

正直にそう言うと、桐也は怪訝《けげん》な顔をした。

「自分の好みがわからないのか？」

そもそもの質問の意図がわからず、菫は、はぁ、と曖昧な返事をする。

「それなら適当に見て、欲しいと思った服を選べ。買ってやる」

「えっ、私の、ですか？」

「当たり前だろ。それ以外、誰がいんだよ」

「いえ、ですが、どうして」

思いがけない展開に慌てて尋ねると、桐也は困ったように眉根に皺《しわ》を寄せた。

「どうしてって——おまえ、服、それしか持ってねえんだろ」

「あ……」

菫が着ているのは、ほぼ昨日と同じ服だ。さすがにシャツは着替えているが、くたびれたジーンズはそのままである。

遠回しに服装を指摘されたことが恥ずかしく、菫はうつむいた。そして、桐也が店に連れてきた理由はそういうことだったのかと、合点する。

菫がこれから売られる先は、男性相手の水商売だ。ただでさえ見た目の悪い自分が、服装までみすぼらしくては、借金のカタどころか、まず店に雇ってもらえないだろう。

「すみません」

いらぬ気を遣わせたことがあまりにも申し訳なくて、また、頭を下げてしまう。

「いったいテメーは、ずっと何に謝ってんだ」

「悪いのは私ですから。それなのに、若頭さんに服まで買ってもらうわけにはいきません」

「おまえのせい？」

「はい。もし必要なら自分で買います。こんなにいいものは、無理ですが……」

「よくわからねえが、別に遠慮することはねえだろ」

遠慮ではなく、自分なんかにこんな高級品を買い与えるなんてもったいないと思っているだけなのだが、なぜか桐也は食い下がった。

「この店じゃ不満か？」

そう言われ、慌てて首を振る。

「そうじゃありません！　どの服も、とても素敵です。でも、私にはそれを買っていただく義理がありませんから」

「それはさっき説明しただろ。服、それしかなけりゃ不便だろうが」

「では自分で払います」

「――おまえ、そんな金持ってんのか？」

呆《あき》れたように言われて、菫はぐっと押し黙る。

「……しゃ、借金につけておいてください」

そう言うと、桐也は「めんどくせえ」と呟《つぶや》いて、苛立《いらだ》ったように頭を掻《か》いた。そして、そばに控えていた店員に声を掛ける。

「こいつに似合いそうな服を適当に見繕ってくれ」

「かしこまりました」

軽く辞儀をした店員が、菫のほうに向き直る。

「それではお客様、あちらでご案内いたします」

「えっ、あの」

菫は抵抗しようとしたが、にこにこ顔の店員に押し切られてしまった。

「まぁ、お客さま！　とてもお似合いです！」

フロアに店員の甲高い声が響き、菫は真っ赤になった。

「あの、これは……」

店員が選んだのは、マーメイドラインの形をした、薄いグレイのワンピース。

生地はシルクで、胸元と袖の部分はレースになっている。普段から使える服だと言われたが、菫にはパーティーにでも着て行くようなドレスにしか見えない。

何よりも、体のラインがはっきり出てしまうのが、どうにも落ち着かなかった。

一刻も早くこの服を脱ぎたくて、もじもじしていると。

「日鷹さま！　ぜひ、ご覧になってください」

などと言って、店員が桐也を呼ぶものだから面食らった。

「えっ、や、やめ――」

言い切る間もなく、桐也がやって来て顔を出す。そして菫の全身を、頭からつま先までじっと見た。

ちっとも似合っていないと、そう思われているのだろう。当然だ。こんな上等な洋服を、自分なんかが着こなせるわけがない。

顔には出さないものの、恥ずかしさのあまり、体が燃えるように熱くなる。

桐也の顔など、とても見ることができず、うつむいた。

しばらくの沈黙が続く。そのあいだも、桐也の視線を感じた。

何も言わないのは、やはり落胆をしているからなのだろう。この姿を見て、時間の無駄であったと、理解したに違いない。

「──ねえ」

「えっ？」

聞き取れず、つい顔を上げてしまう。するとふいに、前髪を梳《す》かれた。

「顔が見えねえ」

「っ……」

ずっと隠してきた顔が露《あらわ》になり、さっきよりも更に全身が熱くなる。

「やっ、やめてください！」

さすがに焦って、思わず顔を背けたが、桐也は動じずに言った。

「おまえ、化粧はしていないのか？」

いい年齢をして化粧くらいしておけと、そう言われたと思った菫は、「ごめんなさい」と謝った。

「聞いただけだ。すぐ謝るんじゃねえ！」

はい、と頷《うなず》く。言葉は強いが、言い方にとげとげしさはなく、だから、今度は「ごめんなさい」とは言わなかった。

桐也は顎に手を当てると再び菫をじっと見て、何か納得をしたように頷きながら言った。

「──思ったとおりだな」

「？」

何が思ったとおりなのだろう。脈絡のない言葉に返事をできないでいると、桐也は急にきびきびと店員に指示を出し始めた。

「それじゃあ、これをもらう。それから、同じサイズのものをいくつか包んでくれ。この服に合う靴も。デザインは任せる」

「はいっ！　ありがとうございます！」

店員は嬉々《きき》として、さっそく何着かを見繕い始める。それを見て、菫は慌てた。

「あ、あの！　そんなにいただけません！」

「俺がいいと言っている。おまえが気にすることじゃねえ」

「ですが……」

菫が食い下がると、桐也はチッと舌打ちをして、再び「めんどくせえな……」と呟いた。

「じゃあ、これは俺が欲しくて買った。でも買ってすぐにいらなくなった。だからおまえにやる。それなら文句はねえだろ」

桐也は半ば怒るようにそう言って、強引に会計を済ませてしまった。

＊＊＊

まったく、調子がくるってしまう。

ハンドルを握りながら桐也は、片手でぐしゃりと頭を掻く。

女に服を買ってやるなど、ガラにもないことをしてしまったと、少し後悔した。

（ったく、よくわからねえ女だ……）

あの店は馴染みで、女を連れて行ったのは、はじめてではない。

獅月組はこのあたりにあるクラブやキャバクラのケツ持ちをしているので、付き合いで、世話になったママやホステスにドレスや装飾品を買ってやったことは何度かあった。

クラブで働くホステスを大切にしろというのは、人情派の親父《おやじ》――組長である獅月哲朗《しづきてつろう》の教えだ。

だからというわけではないが、どんなに高価な品物でも、彼女たちが欲しいと言えばなんでも買ってやった。

世渡り上手なママはともかく、そんなとき、たいていのホステスたちは露骨に媚《こ》びを含んだ仕草で高価な品物をねだる。あえて謙虚を装う者もいるが、目的は同じだ。隠しきれない上目遣いを見れば、すぐにわかってしまう。

どうせ借金のカタに売られるのだから、これくらい、黙って貰《もら》っておけばいいものを。

そもそもブティックに同伴しておきながら、自分のための買い物だとは思わないなんて、変な女だと、率直に思った。

菫をあの店に連れて行った理由は、ふたつある。

ひとつめは、菫があまりにもみすぼらしい格好をしていたことだ。文字どおりの鞄《かばん》ひとつでやって来て、持っているのはあの冴《さ》えない服だけだと言う。

これから彼女が売られる先は、またも過酷な場所だ。せめて綺麗《きれい》な服くらい持たせてやりたいと、そう思ってしまった。

そして、ふたつめは——。

この思惑がどうなるかは、桐也にもわからない。

（ただ、俺の勘が正しければ、あいつは——）

バックミラーで、その姿を覗《のぞ》き見る。

菫はよほど服装が慣れないのか、居心地悪そうにもじもじと親指を触っていた。その腕が折れそうなほどに細く見えて、思わず釘付《くぎづ》けになる。

顔を見れば、その色は不健康な青白さで、二十歳の若者が当たり前に備えているような肌艶もない。

みすぼらしい格好も含めて、よほど生活が苦しかったのだろうと想像できるが、母と姉は健康的な見た目をしていたし、髪から爪の先まで華美に着飾っていた。

おそらく菫は、あの家で相当に不遇な扱いを受けていたのだろう。

まだらう若い彼女の指先が、赤く傷だらけになっていた。胸が詰まるのと同時に、激しい怒りに襲われる。

（……マジでガラじゃねえ）

桐也は「チッ」と大きく舌打ちをし、強くアクセルを踏んだ。

＊＊＊

ネオンが灯《とも》る前の、繁華街の中心地。

桐也に連れられて『ClubM』という看板の店に入ると、髪を大きくカールさせた女性が、ふたりを出迎えた。

「あら、いらっしゃい！　珍しいじゃない。獅月組の若様がこんな時間に来るなんて」

「やめろっつってるだろ。その呼び方」

桐也が鬱陶しそうに答えると、女性はルビー色に塗られた唇をすぼめて、ふふっと笑った。

「この店のママの薫子《かおるこ》だ。こいつは菫」

慌てて礼をすると、薫子は「よろしくね〜」と、手をひらひらさせた。

まるで、女優のような美人である。

ゆったりとしたサマーニットに、細身のジーンズというラフな服装であったが、そのシンプルな装いが、かえって彼女の華やかさを際立てている。

折れそうなほどヒールの細い、真っ赤なパンプスが目を引いた。

ここは高級クラブだろうか。店内は素人の菫が見てもわかるほど、重厚感のある内装と品のある造りをしていた。

まさか、菫をここで働かせるというわけではあるまい。ここに連れて来られた理由を探していると、薫子が言った。

「で、今日は何の用なの？　あなたが直接出向くなんて、何か特別な用事？」

「ああ、ちょっと頼みがあってな。こいつにヘアメイクをしてやってくれないか？」

「えっ？」

菫のほうは驚いたが、薫子は「ああ、そんなこと」というふうに、こともなげに頷いた。

「お安い御用よ。でも、どうして？」

桐也は「わけはあとで」と、ひとことだけ言った。ふたりには信頼関係があるようで、薫子は「ふうん」と意味深な反応をしただけで、それを承諾する。

「わかったわ。それじゃあ、菫ちゃん。奥へ行きましょうか」

そして、まるで昔からの親友のような気安さで菫の肩に手を置いた。こうした女同士の親しいスキンシップに慣れていない菫は、少し戸惑ってしまう。

「あっ、ここからは男子禁制よ！」

薫子が人差し指を立て、桐也はわかっているというふうに、「ふん」と頷いた。

「ねえ、菫ちゃんって桐也の彼女なの？」

ぐるりとライトで囲まれた鏡（女優鏡というらしい）の前に座るなり、そんなことを訊《き》かれた菫は「違います」と、すぐさま否定した。

さっきまで嬉々としていた薫子が、あからさまにつまらないという顔になる。

「なんだ、そうなの。でも、あの桐也が女の子を連れてくるなんて珍しいわ。きっとあなた、お気に入りなんじゃない？」

「そんなんじゃないです。私はただ──」

何か勘違いをされているようなので、菫はことの経緯を話す。家族に売られたとはさすがに言えなかったが、借金を返すため獅月組に仕事を世話してもらっているのだと伝えると、薫子は短く「そう」とだけ言った。

自身も獅月組に世話をされ、組長の哲朗に気に入られてこの店を持つに至った薫子は、それ以上、多くを訊かない。

菫は話を続けた。

「それで、さっき服を買っていただいたんです。私があまりにも、ひどい見た目をしているから。きっと、そういうお店に入るのにも、面接がありますよね。だから、少しでも綺麗になるようにって、ヘアメイクも、そういうことだと思います。お手数をおかけして、本当にすみません」

後半は予想だが、ブティックで菫の素顔を確認していたし、きっとそういうことだろうと思った。

「何を謝るの？」

薫子が不思議そうな顔をして訊いた。

「だって、私なんかじゃ、いくら化粧をしても変わりませんから」

そうきっぱり言うと、薫子は頬が触れるくらいにぐっと顔を近づけて言った。

「ダメよ！　自分でそんなことを言っちゃ！」

鏡に映っている彼女の目は真剣で、その迫力に思わずたじろいでしまう。

「メイクはね、魔法なの！」

魔法……と、菫は繰り返す。

「そう、誰だって綺麗になれる素敵な魔法よ」

薫子はそう言って、メイク道具を広げた。

「きれい……」

思わず声が出てしまう。

目の前に広げられたアイシャドウのパレットは虹のように色とりどり。並んだ口紅は、幼い頃にアニメで見た、魔法のスティックのようだ。そのほかにも、まるでお姫様の宝物のような化粧品がずらり。

どれも全部、きらきらと輝いていた。

菫がほうっとため息をつくと、薫子はウインクをして言った。

「菫ちゃん。あなたを今からシンデレラにしてあげるわ」

シンデレラ……と、菫は心の中で呟《つぶや》く。

それは、大好きだった絵本だ。

母が買い与えてくれた唯一の絵本で、ずっとひとりぼっちだった菫は、その絵本だけが友達だった。

（そんなことを、いま、思い出すなんて……）

菫は複雑な思いで、両手をぎゅっと握り締める。

妖精の魔法で、美しいお姫様に変身するシンデレラは、ブルーのドレスにガラスの靴を履いて、舞踏会で出会った美しい王子様と、しあわせな結婚をする。

本がぼろぼろになるまで、何度も何度も繰り返し読んだ物語だ。

シンデレラは憧れだった。自分もいつか、こんなふうにお姫様になって、素敵な王子様に出会いたい――。

そのロマンティックな展開は、幼い菫の心をわくわくさせた。

しかしあるときのことだ。ふいに、シンデレラと自分の姿が重なった。その頃から、母は菫に家のことをやらせるようになっていた。

容姿を罵られることも多くなり、姉も一緒になって菫を馬鹿にした。

意地悪な母と姉に虐げられるシンデレラ。

でもシンデレラは、その母と姉と血がつながっていない。菫にしてみれば、その状況は、まだ救いがあるように思えた。

だって自分は、実の母と姉から嫌われ疎まれているのだから。そんな自分に、シンデレラのような結末など、待っているはずがない。

母が菫にシンデレラの絵本を買い与えた理由は、愛情ではない。姉だけを連れて出かけるときに、留守番の菫がうるさくしないようにと、たったそれだけのことだ。

菫はひとりぼっちだったのではない。ひとりぼっちにされていた。そのことに気づいてから、シンデレラの絵本は読めなくなってしまったのだ。

そしてあるとき、自分で買い与えたことすら忘れてしまった母によって、その絵本はあっさりと捨てられてしまった。

(私が、シンデレラになんて、なれるわけない……)

苦い記憶を思い出し、唇を嚙《か》み締《し》める。

菫の暗い表情を知ってか知らでか、薫子は明るい声で言った。

「さぁ、まずはお肌を元気にしましょうね〜。ほら、顔を上げて」

うつむいた菫の顔を、ぐっと持ち上げる。そして「あっ」と言う間もなく、その長い前髪をクリップで留めてしまった。

顔が露《あらわ》になり、真っ赤になる菫。しかし薫子は、そんなことはお構いなしに、化粧水を染み込ませたコットンを頬にはたいた。

「お次はクリーム。マッサージもしてあげるわね」

薫子の手はあたたかく、疲労で疲れた肌だけではなく、緊張と羞恥で硬くなった表情も心地よくほぐれていった。

（なんて気持ちがいいんだろう……こんなのはじめて……）

自然と、気持ちもリラックスしていく。

「いい香りでしょう。薔薇《ばら》の香りなの。血行がよくなって、菫ちゃんのお肌も薔薇色になってきたわ。下地を塗って……ふふっ。それじゃあ、魔法の時間のはじまりよ～」

手の甲に置いたファンデーションを、指の腹でやさしくぽんぽんと叩《たた》きながら、薫子が歌うように言った。

きらきらと宝石のように輝くアイシャドウはすみれ色だ。眉の形を整えて、口紅を塗ると、菫の唇に、うっすらと桜が咲く。

ラインストーンがきらめく真っ赤な爪が、くるくると踊り、まるで熱帯魚のようだと、菫はそのダンスに見惚《みと》れた。

「さぁ、最後にふんわりと桃色のチークを載せれば……完成よ！」

言われて鏡を見た菫は、驚いた。

「……これ、私ですか？」

当たり前のことを聞いてしまい、薫子がくすくすと笑う。

だって、そこにいたのが、まるで別人のような自分の姿だったから。

「す、すごいです……こんなに変わるなんて……」

「ねっ？　言ったとおりでしょう。誰だって綺麗《きれい》になれる。メイクは魔法なのよ。さぁ、お次は髪を整えましょうね」

そう言って前髪を留めたピンを外すと、伸びっぱなしの長い髪がばさりと顔に落ち、せっかくのメイクが隠れてしまった。それを見た薫子が、顔を覗《のぞ》き込んで言う。

「ねえ、菫ちゃん。髪、少し切ってもいい？　ああ、心配しないで。私、美容師の免許を持ってるから」

美容院になど行ったことのない菫は、そんなことは気にしていなかったが、「はぁ」と頷《うなず》く。するとなぜか、薫子の目がきらきらと輝いた。

「ありがとう！　髪型を整えれば、菫ちゃん、もっと綺麗になるわよ！　ふふっ、久しぶりにやりがいあるわ～」

弾んだ声でそう言って、菫の髪をブラシでときはじめる。そして、慣れた手つきで前髪からハサミを入れていった。

（あ……）

いつも両目をかくしていた前髪が左右に分けられる。同時に、まるでその場で裸になってしまったような羞恥に襲われ、顔が自然と下を向いた。その動きを見た薫子が、顎に手を添えてそっと顔を持ち上げる。

「あと、もう少しよ」

そう言って、おろした髪をあっという間に編み込みながら、アップにまとめてしまった。

「ほら、シンデレラのできあがりよ！」

薫子が、ぽんと両肩に手を置いた。菫は息を呑《の》む。

メイクで変貌した自分を見て、別人のようだと驚いたのは、それだけもとがよくなかったからということもある。それに、ほとんどは薫子の腕のおかげだ。上品に整えてくれた髪型もそうで、自分はここまでしてようやく、人並みになった程度なのだろう。

でも、それでも——。

「素敵……」

鏡を見た菫の目に、じわりと涙が滲《にじ》む。

そこには、幼いころ絵本で見たシンデレラがいた。

＊＊＊

薫子に呼ばれてメイクルームへと向かった桐也は、部屋を仕切るカーテンを開けるなり、釘付《くぎづ》けになった。

そこにいたのは、見違えるほど美しくなった菫の姿。

前髪に隠れていた瞳は長い睫毛《まつげ》に覆われていて、華やかなアイシャドウが形のいい輪郭を引き立てている。頬は桜色に上気していて、同じ色で塗られた小さな唇は、少女のように可憐《かれん》だ。

艶のある黒い髪は上品に編み込まれ、彼女の清楚《せいそ》な印象によく似合っている。

美容に明るい薫子は、メンテナンスもしてくれたのだろう。肌も髪も、健康的な輝きを取り戻していた。

さっきまで一緒にいた菫とは、まるで別人である。

「おまえ……」

何か言おうとしたが、二の句が継げない。すっかり固まってしまった桐也を見て、菫のほうから口を開いた。

「薫子さんにメイクと、髪を綺麗にしていただきました。これなら、人並みくらいにはなったでしょうか」

その美貌は人並みどころではなかったが、長年容姿を貶《けな》されてきた菫は、自分の姿を客観視することができない。以前のすっぴんぼさぼさ頭と比べれば、大きく変化したことはわかる。しかしそれでも、ようやく人並みに追いついたくらいだろうと。

だから、そう表現したのは、決して謙遜ではなかった。

「ちょっと！　感想くらい言ってあげなさいよね！」

薫子に言われて、すっかり固まっていた桐也はハッとした。

「あ、わ……」

「わ？」

「……悪くねえよ」

薫子が「何よそれ？」というふうに目を見開く。

「それだけ⁉　ほんっとにあんたってば、みてくれはいいのに無粋なんだから！　悪くないどころじゃないわよ！　菫ちゃん、すっごい逸材よ⁉　磨けば光る原石、いいえ。すでにもう宝石だわ！」

「――ひとこと余計だ」

そう言って、ふいと薫子から目をそらした。

――そんなことはわかっている。それを確かめるために、ここへ連れて来たのだから。

桐也は出会ったときから、菫の美貌を見抜いていた。

素朴だが整った顔立ちをしており、肌も色白。だから、服や髪型を整えて化粧をすれば、きっと美しくなるはずだ、と。

そしてこれが、ふたつめの目的。桐也はそんな菫の容姿を磨くことで、水商売のなかでもせめて、女として傷つくことが少ない仕事に就かせてやりたいと、そう思ったのだ。

しかし想像以上の美貌に、桐也はすっかりたじろいでしまった。

(あの親子の目は節穴か？)

菫が、あっさりとヤクザに売られてしまうほど家族から嫌われている理由。それを、彼女は「ブスでグズだから」と言った。たしかに母や姉のような華やかさはないが、一緒に暮らしていれば、彼女が美人の素質を持っていることくらいわかるはずだろう。

(あるいは、嫉妬か……)

美貌を売りにする夜の世界に慣れ親しんでいる桐也は、女が嫉妬からどんなにひどいことをするかを、よくわかっている。これは推測に過ぎないが、菫があのふたりに疎ましがられる理由は、そういうこともあるのではないかと思った。

薫子も相当な美貌の持ち主であるし、いくつかのクラブを面倒見ている桐也は、美人に見慣れている。

しかし目の前にいる菫は、そういう女性たちとはどこか違った。

しばらくぼうっとしていると、薫子が「ちょっと」と言って袖を引っ張り、そのままカーテンの外へと連れ出された。

「ねえ。この子、うちで面倒みたらダメかしら？」

薫子は興奮したように言った。

「この子なら、きっと上位にいけるわ。技術は私が教え込む。少し時間はかかるかもしれないけど、借金だってあっと言う間よ！」

その目は真剣である。この繁華街で最大規模の高級クラブを切り盛りする手練《てだ》れが言うのだから、間違いないだろう。

そしてこれも、桐也の目論見《もくろみ》のひとつだった。

元美容師の薫子は、その技術を生かして、月に一度のペースで店の女の子にヘアメイクを教えている。そのおかげか、『ClubM』のホステスは、ただの美人ではなく、ひとりひとり個性に合った美しさを兼ね備えていると評判だ。

そんな彼女なら、菫の魅力を最大限に引き出してくれると、そう思った。そしてもし、菫が見立てどおりの美貌の持ち主であれば、薫子が放っておくはずがない、とも。

そう、だからこの展開は思惑どおりなのだ。

「ねえ、いいでしょう？　悪いようにはしないわ」

薫子が手を合わせて頼み込んだ。

彼女は面倒見のいいママだ。そのおかげか、『ClubM』はホステス同士の仲もよく優良店である。あまり人付き合いがうまくなさそうな菫でも、きっとうまくやっていけるだろう。

しかしなぜか、桐也はすぐに頷くことができなかった。

「悪い。この件に関してはまた連絡する」

薫子は「絶対よ」と、念を押した。

自分はいったい、あの女をどうしようというのだろう――。

桐也はそっと、カーテンを開けて戻る。するとそれに気づかない菫が、じっと鏡を覗き込んでいた。

その顔が、微笑《ほほえ》んでいるように見えて――。

「っ……」

言葉を失った。

おそらくではあるが、自身を着飾り、化粧をするのもはじめてのことだったのだろう。

彼女のためを思ってしたこととはいえ、桐也がしたことは、いわば菫の商品価値を高めるための行為だ。

それなのにプライドを傷つけられるどころか、こっそりと喜んでいるちぐはぐな菫を見て、胸が詰まった。

「帰るぞ」

と、声をかける。

慌てて立ち上がった菫がよろめき、思わずその手を取る。その腕は折れそうなほどに華《きゃ》奢《しゃ》だった。

＊＊＊

店をあとにした菫と桐也は、再び獅月組の事務所へと戻った。

はじめてここに来たときのように、コーヒーを前に向かい合う。桐也はひとくち飲んでから、ずっと黙ったままだ。

いよいよ、自分の運命が決まるのだろうと、菫は思った。

恐怖がないといったら嘘《うそ》になる。しかしなぜか、気持ちは驚くほど落ち着いていた。

(こんなに親切にしてもらったのは、はじめてだ……)

親切という言葉が、いま菫が置かれている状況にふさわしくないことは十分にわかっている。相手はヤクザで、自分は借金のカタに売られた身。だがしかし、綺麗《きれい》な服を与えられ、化粧をしてもらい、髪まで整えてもらった。

母と姉に給料のほとんどを奪い取られ、新しい服もろくに買えず、年頃の化粧はおろか、美容院にすら行けなかった菫にとって、桐也がしてくれたことは、親切にほかならなかったのだ。

あらためて、着ている服を見る。

値段は確認していないが、見るからに高級そうなものだ。日常使いにはもったいない、まるでドレスのよう。

また、絵本のシンデレラを思い出す。菫の物語は、やっぱり「めでたしめでたし」にはならなかった。

でも、それでも――。

たった一日、今日だけは、夢見たシンデレラになれたのだ。

「あの、ありがとうございました」

だから、素直に礼の言葉を口にする。

すると桐也は、カップを口に運ぶ手を止め、眉根を上げた。

「あ？　何の礼だ」

「私のために素敵な服を買ってくださったり、ヘアメイクまで……薫子さんにとても綺麗にしていただいて、感謝しています」

「能天気なやつだな。テメーの商品価値を高めるためにしただけだ」

桐也は、ゆっくりとカップを置いた。

「それでも、うれしかったんです。こんなにおしゃれをしたのは、生まれてはじめてだったから……」

また場違いなことを言っていると、自分でもわかっている。でも、それは本心だった。

さっき鏡で見た自分の姿を思い出し、菫は小さく微笑んだ。

家族に売られた自分は、これから体を売ることになる。

愛はおろか、恋すらも知らぬまま――。

ひとつだけ未練があるとすれば、それは、普通の生活への未練だ。

もしかしたら自分にも、こんなふうにおしゃれを楽しんでも許される未来があったのではないか。同じ年ごろの友人たちがしているように街へ出かけて遊んだり、ときには恋をすることだって、あったかもしれない。

しかしもう、そんな普通の未来すら、望むことはできなくなってしまった。

菫の人生は、いまここで終わったも同然だ。最低な人生だった。

でも、その最後に、幼いころ願った小さな夢をひとつだけ叶《かな》えることができたのだから、それだけでよかったのだと、何もかもを諦めて生きてきた菫は思った。

「それで、私はいつ、その、お店というのに出れば――」

なかなか切り出されないので、自分からそう言うと、桐也が遮るように言った。

「――店に出る必要はない」

驚いて顔を上げる。

(店に、出なくていい……？)

自分はまだ、商品としての基準に到達していないと、そういうことだろうか。だとしたら、金と時間をかけてくれた桐也に申し訳ないと、謝ろうとしたそのときだった。

「おまえ、家事はできるか？」

――家事？

どうしてそんな質問をするのかわからなかったが、「はい」と頷《うなず》いた。

比べたことはないが、おそらく菫はかなり家事ができるほうである。幼いころから、母にその仕事をすべて押し付けられていたから。

炊事は当然のこと、洗濯に部屋の掃除と、なんでもやった。洋服好きで見栄えを気にする姉にうるさく言われるので、アイロンがけもお手の物である。

「一応、ひととおりできます」

そう答えると、桐也は一呼吸おいて言った。

「じゃあ、俺の専属家政婦になれ」

「えっ？」

驚きのあまり、次の言葉が出ない。冗談を言っているのかと思ったが、こちらをまっすぐに見据える桐也の目は真剣だ。

「あ、あの、それはどういう」

「だから、それで借金をチャラにしてやるって言ってんだよ。家政婦にだって給料出るだろ」

あまりのことに、菫はぽかんと口を開けたまま、何も答えられない。

彼の専属家政婦になる？

それで借金がチャラに？

それがヤクザの専属であるという点を除けば、自分にとってこんなにもよい条件はない。

いや、ヤクザだからといって、なんだというのだ——。

菫は思った。

彼の言うことが本当なら、体を売らなくてすむ。なんの取り柄もない菫にとって、家事は唯一できることだ。しかもそれが押し付けられるものではなく、仕事として認められ、給料までいただけるなんて。

「で、どうなんだ？　やるのか、やらねえのか」

「やります！　やらせてください」

自分でも驚くほど、しっかりとした声が出た。

（やっぱり私、おかしいのかな……）

相手は自分に体を売らせようとしたヤクザだ。そんなヤクザの面倒を見る、専属の家政婦になるなんて。

でも、菫は彼と一緒にいて、一度たりとも怖い思いはしなかった。

怒鳴られることも、罵倒されることもない。

それどころか、一日だけの夢まで見させてくれたのだ。

（きっと、それが、答え——）

「よろしくお願いいたします」

菫は姿勢を正し、深く辞儀をした。

借金を返すため、そしてこの恩を返すため。精いっぱい働くと、心に誓う。

菫はまだ知らない。彼女の夢物語はひとときのものではなく、これからはじまるのだということを。

第三章　若頭とお子様ランチ

「ここが俺の家だ」

家政婦として働くことが決まった菫《すみれ》は、獅月組屋敷《しづきぐみやしき》内の離れにある、こぢんまりとした建物に案内された。

「もとは使用人が使っていたんだがな。親父《おやじ》——組長の厚意で、俺が使わせてもらっている」

家は複数の使用人が同居できる仕様になっているようで、広いリビングとキッチン、そして寝室がふたつあった。

「おまえは奥の部屋を使え。安心しろ、鍵はついている」

菫は「ありがとうございます」と頭を下げた。

ひとまず荷物を置きに行くと、そこにはシングルベッドとクローゼット、小さな机と椅子があり、まるでビジネスホテルのように整えられていた。

実家の物置部屋で寝起きしている菫には、もったいないくらいの部屋だ。

(こんなにいい部屋に住めるなんて、申し訳ないくらい……)

そのぶんしっかり働かねばと、気合いを入れて姿勢を正す。リビングへと戻り、家政婦の仕事について桐也《とうや》に尋ねた。

「それでは、私は今日から若頭さんのお世話をすることでよろしいですか？」

「は？　お、俺の世話⁉」

「え？　はい。家政婦ですから、炊事に洗濯、それから掃除と……」

桐也は菫から目をそらし「そういうことかよ……」と小さく呟《つぶや》いている。

「あとは何をしますか？」

尋ねると、なぜか赤くなって「ま、まぁそれくらいでいい」と答えた。

菫は、わかりました、と軽く礼をする。

「まぁ正直、俺のほうは適当でいいんだ。テメーの世話くらいは、自分でできるしな。おまえに頼みたいのは、屋敷の掃除だ」

組長の住処《すみか》であるこの屋敷は獅月組の事務所としても使われている。定例の集会や、ときに宴会などもここで行われるのだが、いまは管理するものがいないのだという。

「昔、使用人が敵の組織と通じているという出来事があってな。いまは、掃除でもなんでも組員の持ち回りだ。しかしあいつらだけじゃ、どうにも手が回らねえ」

組員たち総勢で大掃除をしたときには、力任せで窓ガラスを割るわ、バケツをひっくり返すわで、余計に仕事が増えたのだと、桐也はため息混じりに言った。

「つーわけだから、まぁ、慣れたころにでも頼むよ。あいつらには言っておく」

菫は頷いた。

「じゃあ、あとは好きにしてろ。俺は、少し出る」

「お仕事、ですか？」

「テメーには関係ねえよ」

「すみません。ただ、あの、夕飯をどうすればいいかと思いまして」

「ああ……適当に出前でも取ってくれ。金は置いていく」

「いえ、そうじゃなくて。若頭さんの夕飯です」

「俺の？」

「はい。まだ、召し上がっていませんよね。お急ぎでないなら、あるものですぐにお作りします」

そう言うと、桐也は眉根を寄せた。

「おまえが、作る？」

冷たく、低い声。

「は、はい。家政婦、ですので。それとも、私が作った料理なんて、食べたくはないですか？」

そう言うと、桐也は「あ？」と言って、菫をギロリと睨《にら》んだ。

「俺は食べたくないなんて一言も言ってねえだろ！」

強い口調に、思わず肩が上がる。

「す、すみません」

「あ……べ、別に怒ってねえよ。つか、さっきからずっと怒ってねえ。作るったって、冷蔵庫には何もねえから、どうするんだって、そう思っただけだ」

「そうでしたか」

空っぽの冷蔵庫では、さすがの菫も、どうすることもできない。買い物に行くには時間が遅すぎるし、それならば、やはり桐也の言うとおり、彼だけでも出前を取るほうがいいだろうかと、菫が考えていると。

「なぁ、さっきからすぐ謝るんじゃねえよ」

ふいにそんなことを言われた。

「え？」

「俺、そんなに怖いか？」

怖くは、ない。

しかし、ヤクザの若頭である彼にそれを伝えるのは、貫禄《かんろく》がないということになり、かえって失礼になってしまうのだろうかと思い、答えられなかった。

すると桐也はハッとして、おかしなことを訊《き》いてしまったという様子で頭を掻《か》いた。

「まぁ、そりゃそうか、ヤクザだしな……」

違う、そうじゃない。

菫がすぐに謝罪の言葉を口にするのは、幼い頃からの癖だ。母や姉に罵倒され、常に咎《とが》められて生きてきた菫は、何かあるとすぐに、自分が悪いと思ってしまう。

だから、桐也のせいではない。少なくとも、出会ってからいままで、彼を怖いと思ったことは一度もなかった。

それどころか、家政婦として雇ってもらったことに感謝すらしているのに――。

しかし菫は、その気持ちをうまく言葉にすることができなかった。

「なぁ、俺はおまえを家政婦として雇った。つまりこれは、仕事上の契約だ。だから肩書きは関係ねえ。俺はおまえに、して欲しいことを遠慮なく命じるし、おまえも必要なことはなんでも俺に言えばいい」

桐也は菫に向き直って言った。

「──俺とおまえは対等だ」

「対等……」

　思わず口に出してしまう。そんなことは、はじめて言われた。無条件で愛されるはずの母親にすら、差別されて生きてきたから。

「ありがとうございます」

　思わず礼を言う。

「おう、わかったら、もうやたらと謝るんじゃねえぞ。つっても、まぁ、無理かもしんねえけど……」

　桐也は頭を掻きながら「俺、目つき悪《わり》ぃしな……」などと小声で呟いた。

「つーわけだから、そうだな──夕飯は明日から頼んでいいか？　今日は朝までかかるから、おまえは好きにしろ」

「はい、ありがとうございます。若頭さん」

　そう言うと、桐也が「それと──」と言って、菫のほうに向き直った。

「その、若頭さんってのはやめねえか？」

「はい。では、なんとお呼びすれば……」

「名前でいい。さっき対等だと言ったろ」

「わかりました。では、桐也さん」

「いきなり名前かよ」

「す、すみません！　苗字《みょうじ》と言われなかったので」

「……まぁいい。それじゃあ、あとは頼んだぞ」

そう言って出かけた桐也を見送りながら、菫はさっき言われた「対等」という言葉を、うれしい気持ちで反すうしていた。

＊＊＊

「はぁ？　あの女を家政婦として雇ったって、マジっすかぁ!?」

ギラギラとネオン輝く繁華街に、マサの素っ頓狂な声が響いた。

「うるせえな、耳元で叫ぶなよ」

並んで歩いていた桐也は、顔をしかめる。

「だって、あの地味女っすよ!?　手元に置いとくんなら、もっといい女のほうがいいじゃないっすか!?　あっ、それとも兄貴、地味専っすか!?　だから今まで誰にも――」

「バカ！　そんなんじゃねえよ！」

我慢できず、マサの頭をはたく。

「イテッ！　何も叩《たた》くことないじゃないっすか！」

「テメーがバカなことばっかり言ってっからだ！」

「だって、家政婦とかいって本当は愛人なんでしょ？」

マサは拗《す》ねたように口を尖《とが》らせる。桐也は、大きくため息をついた。

「ったく、なんでそうなるんだよ……家政婦は家政婦だ。それ以上でも以下でもねえ」

「なぁんだ、安心したっす！　たしかに兄貴、寂しい一人暮らしっすもんね！」

「おまえまた殴るぞ」

拳を構えると、マサはわざとらしく「ひ～」と言って体をすくめた。そして逃げるように、タタッと桐也の前に出て振り返る。

「まぁでも、そうっすよね。あの地味女じゃ、店からも断られてただろうし。俺、わかるっすよ。だから雇ってやったんすよね。兄貴、やさしいから」

そしてなぜか誇らしげに、「へへっ」と鼻を掻いた。

「別に、そんなんじゃねえよ」

その無垢《むく》な笑顔を直視できず、桐也は目をそらす。

やさしさ、なんかじゃない。

菫がときおり見せる、あの、闇を映したような瞳。その瞳が、これ以上濁ってしまうのを、見たくなかっただけだ。

――それじゃあ、やはり同情？

しかしその言葉ひとつで片付けてしまうのも、何か違う気がした。

(それはそうと、こいつ驚くだろうな)

ひとつだけ、心配していることがあった。マサが見たのは、見た目が変わる前の菫の姿だけだ。別人のように美しくなった菫を見たら、なんというだろう。

三歳年下のマサと出会ったのは、二十一の頃だ。

当時不良だったマサは、地元の先輩に脅されて、無理やり犯罪行為に加担させられていた。

そこから抜けようとしたのが見つかって、ボコボコに殴られているところを桐也が助け出したのだ。

マサが所属していた犯罪組織は、獅月組が目をつけている半グレのグループだった。

極道のルールからはみ出した半グレは、この街の秩序を乱す存在で、野放しにしておくわけにはいかない。桐也はマサを助け出しただけでなく、その犯罪組織までも、あっという間に解散させてしまった。

以来、マサは桐也にぞっこん。追いかけるようにして獅月組に入り、こうして舎弟の座に収まったというわけだ。

そして今では、信頼できる仕事のパートナーにもなっているのだが——。

「ただの地味女といえど、兄貴を誘惑したら俺、ぜってー許さないっすよ！」

その愛情は、少々ややこしい。

「そんなことになるかよ。ほんっとにバカだな、テメーは……」

しかし呆《あき》れながらも、心配になる。これまでもマサは、桐也に言い寄ってくる美女たちを軒並み追い払ってきた。今回は状況が違うとはいえ、菫が実は美人であるとわかったら、面倒くさいことになりそうである。

「安心してくださいね！　これからも、兄貴に近づく女はぜ～んぶ俺が成敗してやるっすから！」

マサはふんすと鼻息を荒くした。

「んなこと頼んでねーよ」

呟《つぶや》くが、張り切っているマサの耳には届かない。

(それに、女なんか、興味ねえ)

腹を痛めて産んだ子よりも男のほうが大切で、いつも強い香水の匂いをぷんぷんさせていた、あの女――。

自分を捨てた母親のことを思い出した桐也は、大きく舌打ちをした。

彼女のせい、というわけではない。しかし、母の愛情を受けることができなかった桐也は、心のどこかで女という生き物を信用できずにいた。

このあたりを仕切っている獅月組の若頭、しかも二十六歳という若さでその立場に就いている桐也に、言い寄る女は後を絶たない。

だがしかし、色目遣いをして露骨に媚《こ》びを売る女を見ても、辟易《へきえき》するだけだ。

若気の至りで、遊びに興じたこともあるが、特定の恋人を作ろうなどとは、思ったこともなかった。

（……やっぱりガラじゃねえ）

そんな自分が、女を家政婦として家に住まわせるなんて。しかもまだ二十歳の小娘だ。

本当は、今夜、急ぎの仕事があったわけではない。いくら寝室が別になっているとはいえ、隣の部屋に男――しかもヤクザがいるのだ。

そんな状態では落ち着かないだろうと思い、だから、家を出てきた。

（本当に、これでよかったのか……？）

身体《からだ》を売るよりは、マシだろう。だがしかし――。

（ヤクザの家政婦になるのもたいがいだ）

煙草《たばこ》を取り出して火を付ける。

あいつはちゃんと眠れているだろうかと、そんなことを思った。

＊＊＊

翌日の夕方――。

（味付けはこれで大丈夫かな……）

ぐつぐつと音を立てて小さく躍る、肉じゃがの具材たち。菫はその煮汁をおたまですくい、小皿に取ると味見をした。

（うん、おいしい――と、思うのだけれど……）

はたして桐也の口に合うのかどうか。そればかりは、実際に食べてもらわなければわからないと、菫は不安になった。

家族以外の誰かに、食事を振る舞うのは、はじめてだ。

料理は、嫌いではない。レシピ本とにらめっこをしながら、手順どおりに黙々と作業をするのは、菫の性に合っていた。本の写真と同じものができあがれば、達成感もある。

しかし、それを評価されるとなれば、話は別だ。

母と姉は豪華な外食や出前を好んだが、菫の稼ぎだけでは当然、それを毎日は続けることは難しい。そうなると仕方なく、家で食事を取るのだが、贅沢《ぜいたく》に慣れたふたりの舌を満足させるのは、容易ではなかった。

母と姉は、菫の手作りした料理にうるさく口を出し、まるでレストランに来たかのような気軽さで、食べたいものを要求する。おかげでレパートリーは増えたが、それを褒めてくれる者は、誰もいなかった。

「こんな不味《まず》いもの食べられるわけないでしょ！」

と、皿をひっくり返されたこともある。

甘やかされて我儘《わがまま》に育った姉は、少しでも気に入らないことがあると、こうしてよくヒステリーを起こした。容姿を馬鹿にされたり、グズだのろまだと罵倒されるのは、まだ我慢できた。しかし、いつかきっとおいしいと言ってもらえるだろうという一心で作った手料理を粗末に扱われるのは、精神にこたえた。

つらい記憶を思い出し、カタカタとおたまを持つ手が震える。

菫は大きく深呼吸をした。

（大丈夫。口に合わないと言われたら、もう一度作ればいいんだから）

何度も作り直しをすることには慣れている。食材も、実家にいたときとは違って、十分な量があるから安心だ。

今日、菫が朝起きると、テーブルに菓子パンがふたつと封筒、そして一枚のメモが置いてあった。そこには走り書きで、「朝ごはん・食費」と書かれている。どうやら桐也は、夜中に一度帰宅をして、このメモを置いていったらしい。

封筒を開けると、入っていたのは驚くほどの大金。これはいったい、何日分の食費なのだろうと頭を悩ませながら、買い出しをしてきたというわけである。

今日は、家政婦として働くはじめての日。

桐也の住まいには生活感がなく、部屋の掃除はあっさり終わってしまった。これでは給料に見合わないと、せめて夕飯くらいは豪華にして迎えようと思ったのだが、男性に料理を振る舞ったことなどない菫は、メニューをどうしたものかと考え込んでしまった。

悩んだ末に決めたのは、肉じゃが。ずっと昔に読んだ古い小説に、肉じゃがを喜ぶ男性の姿が描かれていたのを思い出したからだ。

メインが決まれば、あとは副菜と汁物だ。ほうれん草のおひたしと、豆腐とわかめの味《み》噌《そ》汁《しる》を作った。それだけでは足りないかもしれないと、冷ややっこも付ける。

「とりあえず、栄養バランスは、いいよね」

一人前をテーブルに並べて、菫は小さく頷《うなず》く。

使用人が使っていたというだけあって、台所用品や食器はひととおり揃《そろ》っていた。茶碗《ちゃわん》なども二人分あったので、自分の分をどうしようか迷ったが、家政婦が雇用主と一緒に食事を取るのは失礼だろうと、手に取った碗を戻す。

そうこうしていると、物音がして玄関のドアが開いた。

「おかえりなさいませ」

菫は深く、礼をした。顔を上げると、桐也がこちらを見て、きょとんと目を丸くしている。

これも、読んだことのある小説に、「おかえりなさいませ」と言って主人を迎えるメイドが登場していたことを思い出して、それをそのまま真似《まね》してみたのだが、おかしかっただろうか。いや、自分はメイドなのだから、おかしくはないはず――などと、ひとり考えているあいだ、桐也は靴も脱がずに、固まっていた。

「あの、お出迎えをしたのですが」

桐也は「おう」と言って、今度はなにごともなかったように、部屋へと上がった。

つかつかと、リビングへと進む。そしてテーブルの上の料理を見つけると「――これは？」と、低い声で言った。

「夕飯です。肉じゃがを作ったのですが、お嫌いでしたか？」

「い、いや。これ、全部おまえが作ったのか？」

質問の意図がわからず、菫は「はぁ」と間の抜けた返事をする。

「夕飯を作るとお約束しましたので」

「あ、ああ。そうだったな」

そう言って、桐也がスーツのジャケットを脱ごうとした。

「私が脱がせます」

「⁉ ばっ、そんなことまですんじゃねえよ！」

「あ、すみません！」

どうにも加減がわからない。

家政婦としてする彼の世話とは、いったいどこまでなのだろう。菫がまた、考えている
と、桐也が言った。

「ところで、どうして一人分なんだ？　おまえはもう食ったのか？」

「いえ、まだです」

「じゃあ、テメーの分も用意しろ。一緒に食えばいいだろ」

ジャケットを部屋に置きに行きがてら、桐也が言った。まさかそんなことを言われると

思わず、立ち尽くしてしまう。

「早くしろ！　冷めちまうだろうが！」

そう言われて、慌てて台所へと向かった。

＊＊＊

「いただきます」

手を合わせて箸を持った桐也は、その手を止めた。

彩り豊かなおかずたちを見て、どこから手を付けたらいいかと、迷ってしまったからだ。

絹さやの緑が鮮やかな肉じゃが、シンプルな具材の味噌汁、ほうれん草のおひたしはかつお節が香り、暑い時季にはぴったりの冷ややっこが食欲をそそる。

（まずは肉じゃが……いや、熱いうちに味噌汁からいくべきか……？）

両者を交互に見つめていると、視線を感じたので顔を上げる。すると向かいに座った菫と、目が合った。なぜか料理に手をつけず、こちらをじっと見ている。

「な、なんだ？」

尋ねると、慌てたように「いえ」と言って顔をそらした。

そういえば、この家で誰かと食事をするのははじめてだ。ふとそのことに気が付き、なんだか気恥ずかしくなる。

（クソッ、飯食うのに何迷ってんだ……）

肉じゃがの皿を手に取り、大ぶりのじゃがいもを勢いよく口に放り込んだ。

「！」

じゃがいもがほろりと溶け、出汁《だし》の味がじゅわりと広がる。ほんのりやさしい甘みが、口のなかに広がった。

（う、うまい……！）

箸が止まらず、牛肉に人参《にんじん》、玉ねぎと、次々に頬張る。どれもしっかりと味が染みていた。絹さやはシャキシャキとしていて、いいアクセントになっている。

しかしやっぱり肉だ。野菜と醬油《しょうゆ》の出汁が染み込んだ牛肉は、ほかほかの白いご飯にぴったりで、まるで腹を空かせた少年のように、つい、白飯をがつがつとかきこんでしまった。

「あの。お味は、どうでしょうか……？」

いつも無表情で、感情がわかりにくい彼女の顔に、珍しく、不安の色が滲《にじ》んでいるのがわかった。

(――なんと言えばいいんだ?)

こんなことは、悩むことではないのかもしれない。

さっき思った「うまい」という気持ちを、そのまま声に出せばいいだけだ。しかしその、感情を素直に表現するということが、どうにも照れくさい。

迷った挙句。

「――悪くない」

と、無難な言葉を口にする。

「そうですか」

心なしか、菫がしょんぼりとうなだれたように見えて、焦ってしまう。

自分としては、「悪くない」は最上級の褒め言葉であったのだが、もしかしたら後ろ向きの意味で、伝わってしまったのかもしれない。

しかしそれをフォローするような気の利いた言葉も見つからず、せめて完食をすることで、この料理を気に入っているという気持ちを伝えようと、それからは黙々と箸を動かした。

正直を言えば、桐也はあまり食に関心がない。

家庭料理とは無縁の家に育ったからだ。

朝昼晩と菓子パンのみで過ごすことはざらであったし、それも小学校に上がった頃には、机に五百円玉が置いてあるだけになった。

だからというわけではないが、普段は簡単な外食ばかり。コンビニで買ったものを車内で食べるだけということも、少なくない。

だから、こんなにもちゃんとした食事をとるのは、久しぶりだった。

（うまいもんだな……）

ひとくちを噛《か》み締《し》めて思う。

そして気が付けば、あっという間に食べ終わってしまった。

「ごちそうさまでした」

手を合わせると、「えっ、もう？」というように菫が驚いて顔を上げる。見れば彼女は、まだ三分の一も食べ終わっていない。

ペースを合わせるべきだっただろうか。つい早食いの癖が出てしまったことを、きまり悪く思ったが、仕方がない。

いつも食事はひとりか、マサや組員の部下たちと食べている。このスピードは、屈強で食欲旺盛な男たちの通常運転だ。

しかし困ったのは、食べ終わったあとのこと。菫は小さな口に、ちまちまと箸を運んでいる。このペースでは、桐也はしばらく手持ち無沙汰を覚悟しなければならなかった。

(何か話したほうがいいのか……？　料理の感想は伝えたし……今日何をしていたかなんて、訊《き》かれたら気持ち悪いよな……)

耳をぽりぽりと掻《か》きながら、思い悩む。

やはり小娘と食事をするなどガラじゃない。沈黙が気まずくなって、とにかく何か、無難な話をしなければと、話題を探して口を開いた。

「料理は、得意なのか？」

菫は少し悩んでから、

「得意、か、どうかはわかりません。でも、毎日していたので」

と、答える。毎日、という言葉が、少し、引っかかった。

実を言うと、取り立ての際には身辺調査をするので、彼女の家のことは調べ済みだ。あの家で仕事に就いているのは菫だけだった。そのうえ、毎日の家事までしていたなんて。

無職の母と姉が、普段、何をしているのかは知らないが、全身を派手に着飾り、ホストクラブで借金を作るような生活だ。おそらく仕事も家事も、菫に押し付けていたのだろう。

そういえば、彼女の指先が荒れていたことを思い出す。

「――昨日は眠れたのか？」

ずっと気になっていたことを聞くと、菫は箸を止めて、「はい」と頷いた。

安心して、「何よりだ」と答える。すると菫は、皮肉ととったようで、うろたえた。

「すみません。居心地が、よくて……」

自分の家より他人の家、しかもヤクザと同じ屋根の下が居心地いいとは、いったいどういうことなのだろう。単純な興味から質問をすると、菫はぽつぽつと話し始めた。

普段過ごしている自分の部屋は物置のような場所で、エアコンもなく夏はろくに眠れないこと。布団は幼いころから使っているせんべい布団であること。そして、ようやく眠れたと思ったら、深夜に酔っ払って帰宅した姉に叩《たた》き起《お》こされることもしばしばなのだという。

「だから、よく眠れてしまったんです」

と、菫は恥ずかしそうに言った。

彼女は本当に、不遇な生活をしてきたようだと、胸が痛んだ。

「こんなによくしていただいて、ありがとうございます。あっ、パンもありがとうございました。朝ごはんと、お昼にいただきました」

「それしか食ってねえのか!?　あれは朝飯だぞ。だから金を置いていったのに」

「十分です。昼ごはんは、いつもそれくらいですから。あまり食欲もないので」

自嘲ではなく、本当に満足しているようである。この様子では、いくら金を渡しても、実家にいるときと同じような生活をするだろうと、桐也は心配になった。

「——おまえ、これからは俺と一緒に飯を食え」

え、と菫がこちらを見る。

「俺も、これからは家で飯を食うようにするから。だから、その、飯を作ってくれるとありがたい」

そうすれば彼女も、きちんとした食事を取るだろうと、そう思った。

桐也自身も、食事を抜いたり適当なジャンクフードで済ませたりと、人のことを言えない不規則な生活をしているが、家政婦として彼女に炊事を頼めるのなら、それは改善できると、そう思った。

起きたらまず朝食をとる。昼は部下たちとの付き合いもあり難しいかもしれないが、夕飯に関しては、一度帰宅すればいいだろう。

「——わかりました。それでは明日から、食事をお作りしますね」

そんな桐也の思惑を知る由もなく、それを家政婦としての業務命令と受け取った菫は、淡々と答える。

彼女のためを思って提案したことではあるが、これからこんなにうまい飯を毎日食べられることを想像した桐也の頬は、知らず知らずのうちに緩んでいた。

＊＊＊

家政婦として働くのも慣れてきたころ、菫は今日から、屋敷《やしき》のほうの掃除もはじめることになった。

庭を掃除しながら、菫は悩んでいた。

(いったい何を作ったら、桐也さんに喜んでもらえるんだろう)

不規則な生活をしているようなので、体にやさしい食事がいいだろうと、夕飯は和食をメインにしている。レシピとにらめっこをしながら、調味料も正確に測って作っているので、失敗はしていない……はずだ。

筑前煮《ちくぜんに》にサバの塩焼き。味噌汁《みそしる》の具は飽きないよう日替わりにしている。きんぴらごぼうにだし巻き玉子も、自分の昼食でこっそり練習したかいもあり、なかなかの出来栄えであったとは、思う。

しかし桐也の感想はそっけなく、「悪くない」と言うばかり。

一度だけデミグラスソースのハンバーグを作ったときなどは、しばらくのあいだ絶句されてしまった。

そんなこともあり、自分の作る料理ははたして本当に口に合っているのかと、心配になってしまったのだ。

（残されたことはないから、まずいということはないんだろうけれど……）

それでもやはり、おいしいと言ってもらえるような食事を作りたい。

（桐也さんの好物でもわかれば、いいんだけどな）

などと、そんなことをぼんやり考える。

「お疲れさんですっ！」

声をかけられて、ハッと顔を上げた。

縁側で屈強な男たちが立ち止まり、こちらに向かって礼をしている。獅月組の組員だ。

菫は慌てて姿勢を正した。

「お疲れ様です。家政婦の雨宮《あめみや》菫と申します。今日から、お屋敷の掃除も担当することになりました。どうぞよろしくお願いいたします」

挨拶をすると、そのなかにいたひとりが人懐っこい笑みを浮かべた。菫の家に借金の取り立てにやってきた、坊主頭の男である。

「兄貴から聞いてるっす。こちらこそ、よろしくっす」

その横には、もうひとりの髭面《ひげづら》もいる。二人は照れたように董にぺこぺことしたあと、引き連れた黒服の組員たちを振り返った。

「オラ、何ぼさっとしてんだよ。さっさと行くぞ」

さっき董に話しかけたときとは別人のような声色だ。どうやらあの二人は、組員のなかでは上位の存在らしい。

「それじゃあ、失礼しやす」

髭面が頭を下げ、男たちは去って行った。董のことが気になるのか、ちらちらとこちらを振り返った組員の男と視線がぶつかる。男は慌てて、前を向いた。

(桐也さんの言っていたことは本当だったんだ……)

董が家政婦として働くことは、組員たちに知らせておくから心配ないと、そう言っていた。

その効果なのか、屋敷内をうろつく董を見ても誰も咎《とが》めない。それどころか、さっきのように丁重に挨拶までしてくれた。

屋敷は組長の自宅兼、獅月組の事務所になっている。当然、組員たちは常に厳戒態勢だ。掃除をしているだけとはいえ、そんな場所にひとりでいるのはさすがに怖かったので、ほっと胸を撫《な》で下《お》ろした。

若頭という立場にある桐也は、やはり影響力があるらしい。

組長は現在、病気療養のため屋敷には不在なのだそうだ。若頭は組長に次いで二番目の役職になる。つまり組長不在のいま、桐也は実質トップの地位に立って組を仕切っていた。

(もしかして私、すごい人のお世話をしているのでは――?)

今さらになって、ことの重大さを実感する。しかし同時に、桐也がヤクザの若頭であるという事実は、どこか遠いお伽話《とぎばなし》のようにも思えた。

菫にとって桐也は、自分を助けてくれた恩人。ただ、それだけだった。

(こんな私を雇ってくれた、その恩返しが少しでも、できたらいいのだけど)

そのためには、まず家政婦の仕事を完璧にやることだ。

ざっと見回ってきたが、人の出入りが少ない部屋にはかなり埃《ほこり》がたまっていた。窓も曇っていたので、磨かなければいけないだろう。それから床の水拭きに、水回りの掃除。屋敷は広く部屋数も多いので、やりがいがありそうだと、菫は竹箒《たけぼうき》をぎゅっと握った。

庭掃除を終えて、廊下の水拭きに取り掛かっていると、さっきの坊主頭と髭面の組員がやって来た。慌てて立ち上がり礼をすると、ふたりも同じことをした。

「あの、何かご用事ですか？」

　お疲れさんです、と言ったきり、立ち去る気配がないので聞いてみる。すると二人は顔を見合わせたあと。

「兄貴をよろしくお願いしやすっ！」

　と、口を揃《そろ》えて言った。あまりの大きな声に、菫は目を丸くする。

　坊主頭がシンで、髭面のほうがゴウと名乗った。菫があらためて挨拶をすると、ふたりは交互に口を開いた。

「兄貴、いますっげえ忙しいんすよ。親父《おやじ》があんなことになっちまって……」

「朝から晩まで出ずっぱりで、飯もろくに食えてなかったんす。それなのに、相変わらず俺らのことばっか気にしてて……」

　ゴウが「なぁ」と言うと、シンが「ああ」と言って話を続けた。

「だから俺たち、菫さんが兄貴の家政婦になったって聞いて、うれしかったんすよ！」

「そうっす！　これで兄貴も、まともな生活してくれるって！　なぁ！」

　肩を叩かれたシンが、にかっと笑って頷《うなず》いた。

　強面《こわもて》のふたりだが、こうして桐也のことを話す様子は無邪気そのものだ。彼のことを心から慕っているのがよくわかる。

そうだ、彼らに聞いてみたらわかるだろうか――。

菫はふと思い立って、聞いてみた。

「あの、お二人は桐也さんの好きな食べ物ってご存じですか？」

シンとゴウは「好きな食べ物？」と言って顔を見合わせた。ふたりとも同じポーズをして腕を組み、しばらく「うーん」と唸《うな》ったあと、シンから口を開く。

「兄貴本人から聞いたわけじゃないっすよ！　それでも、強いていうなら――」

「強いていうなら？」

と、菫は体を乗り出す。

「子どもが好きそうなもんっすね！」

菫が「子ども？」と首を傾《かし》げる。しかしゴウは「ああ！」と大きく頷き合点した。

「たしかに、そうかもしれねえな。このまえファミレスでオムライス頼んでたし！」

「サ店では絶対にケチャップのスパゲティなんだよな！」

「そうそう！　あとはエビフライはでっけーほど喜んでたな」

「ハンバーグのときもそうだったぜ！　このまえ一緒にファミレスでデッカイの食ってさ。でも兄貴、ひとくち食ったら黙っちまったから、ヤッベーロに合わなかったか？　って焦ったけど、『この店にはまた来よう』って言ってたもんな！」

「そういやそうだったな！　それで、またハンバーグ頼んでた！」

――ハンバーグ？

菫が一度作ったが、あまり反応のよくなかったメニューだ。そしてシンが話しているのと同じように、ひとくち食べて黙ってしまったのだが――。

（もしかしてあれは、口に合わなかったわけじゃなかった……？）

彼らの話を聞けば、そういうことになる。

「兄貴は無口なんすけど、見てると案外顔に出てるんすよね」

「たしかに！　俺らみたいに好物で騒いだりしねえんだよな。黙って噛《か》み締《し》めるっつーか」

「そういうところがカッコいいんだよなぁ～」

「わかる～」

と、盛り上がるシンとゴウのあいだに「すみません！」と強引に割って入った。

「じゃあ、桐也さんは、あまり和食はお好きじゃないんでしょうか？」

そして今の話が本当であるのなら、自分は彼の苦手な料理ばかりを作ってしまったのかもしれないと心配になってしまった。

「ああ、そんなことはないっす！」

シンが首を振る。

「だって兄貴、菫さんの料理褒めてたっすよ！」

思わぬことを言われて、「えっ」と戸惑う。今度はゴウが言った。

「自分も聞いたっす。ありがたいって」

「そ、そうなんですか……」

菫は思わず、胸元に手をあてる。他人から料理を褒められ、しかも感謝をされるなんて、そんなことは、はじめての経験だ。

（うれ、しい……）

胸の奥が、じんわりとあたたかくなる。頭もふわふわしてきて、菫は驚いて首を振った。

「ただ俺らみたいな親なしは、どうしても憧れちゃうんすよね。ハンバーグとか、オムライスとか」

「ああ、わかる。そんなもん、作ってもらったことねえもんな」

（親なし……？）

菫は顔を上げる。気になったが、そのまま会話は流れてしまった。

「まぁ、そんな感じなんで、何作っても兄貴は喜ぶと思うっすよ！」

笑顔でシンが言い、ゴウも大きく頷いた。

「わかりました。ありがとうございます」

　菫が深く辞儀をすると、二人は照れたように大きな手を振る。そしてそのあとは、何度も桐也のことをよろしく頼むと言って、去って行った。

（桐也さん、慕われているんだな……）

　菫は少し、微笑《ほほえ》ましく思う。

　極道のしきたりはよくわからないが、桐也のことを兄貴と呼んで慕い、あんなふうに体の心配をしている彼らを見て、菫と姉の関係よりよほど兄弟らしいと、そんなことを思った。


（もうこんな時間だ。急がないと……）

　いつもどおり夕飯の支度をする菫。でも今日は少しだけ、いや、フライパンを持つ手が小さく震えるくらいには緊張をしている。

　シンとゴウに話を聞いてから、菫は密《ひそ》かにある計画を立てていた。

　二人から聞いた、桐也の好物。

　はじめは、それを順番に作っていこうと思ったのだが、頭のなかでそれらを並べたとき、あるメニューが思い浮かんだのだ。

（よし、これで全部できたっと……）

大きなプレートを用意して、作った料理を少しずつ慎重に盛り付けていく。

まず中心に載せたのはオムライス。そして、その横に小さなハンバーグを並べた。

それから、くるくる巻いたケチャップスパゲティの塔を作り、タルタルソースのたっぷりかかったサクサクのエビフライを添える。

その横にちょこんと載せた赤いウインナーは、タコさんの形だ。

スープは甘くてクリーミーなコーンスープを用意した。

（完成――！）

ひとつのプレートに子どもが大好きなメニューがぎゅっと詰まっていて、見ているだけでわくわくする食べ物――お子様ランチのできあがりだ。

「わ、すごくかわいい……」

思わず口に出してしまう。

菫にとってお子様ランチは、テレビアニメやドラマで見るだけの、憧れのものだ。外食に連れて行ってもらったことがないので、一度も食べたことがない。

桐也のためにと作ったものであるが、そんな憧れのお子様ランチは、菫の心も大きく弾ませた。

（あれ？　でも、何かが足りない……？）

頭のなかで、お子様ランチのイメージを思い描く。

（あっ、そうだ！　旗だ！）

お子様ランチといえば、チキンライスやオムライスに立っている国旗。やはりそれがなければ、どこかしっくりこなかった。菫はしばらく考えて、それを作ってみることにする。

（爪楊枝《つまようじ》に紙を張り付けて……）

しかし、紙がメモ用紙しかなく真っ白だ。

（これじゃあ、少し寂しいよね……）

菫は少し悩んでから――うさぎの顔のマークを描いた。絵はあまりうまくない。マジックで描いたうさぎは、なんというか……愛嬌《あいきょう》のある顔をしていた。

（か、描かないほうがよかったかな……）

少し、いや、かなり不安になったが――主役は料理だと、思い直した。

自分よりずっと年上の桐也が、お子様ランチなんかを喜んでくれるのか。それも、不安がないわけではない。でも、いまは大人のお子様ランチというのが流行《はや》っているとも聞く。

それに、好物ばかりが並んでいるのは大人だってきっとうれしいと、そう言い聞かせた。

（桐也さん、もうすぐ帰ってくる……）

事前に伝えられた帰宅時間が迫っている。なんだかそわそわとしてしまって、落ち着かなかった。テーブルを拭いたり、食器棚の整理をしてみたり。

それもすべて終わってしまったのだが、じっとしていることができず、とうとう玄関前まで来てしまった。

すると、ガチャリとドアの開く音がした。心臓が飛び上がる。

「おっ、おかえりなさいませ！」

ドアを開けたら待ち構えていたように菫がいたので、桐也は目を丸くしていた。

「あ、ああ。ただいま」

桐也の顔を見たら、なぜか照れくさくなってしまい、菫はエプロンの裾をぎゅっと握った。

「……どうかしたのか？」

「い、いえ……」

黙って立ち尽くす菫を、桐也は少しだけ訝《いぶか》しんだものの、いつもどおりジャケットを脱いだあと、食卓へとやってきた。

そして立ち止まると、テーブルに置かれた料理に釘付《くぎづ》けになる。

「こ、これは……？」

と、こちらを見た。

「――お、お子様ランチです！」

桐也は困惑したように、その言葉を繰り返す。そして――。

「お子様……ランチ……？」

「――おまえバカにしてんのか？」

真顔になって言った。

その顔を見て、菫は青ざめた。

（ど、どうしよう。怒らせちゃった……）

よくよく冷静になれば、年上の大人だとかそういう以前に、桐也はヤクザの若頭だ。

そんな相手にお子様ランチを出すなんて、ふざけていると思われても仕方がないだろう。

しかも、へたくそなうさぎの絵が描かれた旗まで立っている。

（私ってば、何を浮かれていたんだろう……）

いくら好物で彼を喜ばせたかったからといって、これはやりすぎだった。

（いつもこうだ……）

昔の苦い思い出が蘇《よみがえ》る。

幼い頃、母を喜ばせようと誕生日にカレーを作ったことがあった。そのころ菫は、すでに家事をすべてこなしていて、夜遅くまでホステスとして働いている母の帰りを待って、手作りのカレーを振る舞ったのだ。しかし母はそれをひとくちも食べることなく、「夜中にこんなものが食べられるわけがないでしょう」と吐き捨てた。

お母さんの食べたいものを作らなかった自分が悪い──。

悲しいよりも、菫はそう思って自分を責めた。今回も同じだ。気持ちばかりが先走って、ひとりよがりなことをしてしまった。

そもそも、自分は家政婦なのだ。その役割をわきまえて、ただ毎日、ちゃんとした食事を作っていれば、それでよかったのに──。

「すみませんでした」

菫は頭を下げて、料理を片付けようと、皿に手をかけた。料理は作り直そうと、そう思いながら。すると、桐也がその手を掴《つか》んだ。

「おい、何してんだ？」

「え？　料理を下げようと──」

「誰も食べないなんて言ってねえだろ！」

「えっ？」

驚いて、顔を上げる。

「つか、その、むしろ、く……」

（く……？）

　桐也は少しためらったあと、菫から目をそらして言った。

「――食いてえ」

　菫はそう言われて、きょとんと固まった。

「で、でも、さっき、バカにしているのかって」

「そ、それは……な、なんつーか、思いがけねえのが出てきたもんだから、ちょっとびっくりしただけだ！　お子様ランチなんて、食いてえに決まってんだろ！」

　自分で作っておきながら、桐也の口から出てきた「お子様ランチ」という単語があまりにもミスマッチで、菫はふとおかしくなってしまう。

「は、腹減ってんだ……さっさと食うぞ」

「あっ、は、はい！」

　菫は慌ててナイフとフォーク、それからスプーンを用意した。それらをプレートの横に並べると、まるで本当にレストランのようだ。

　いただきます、と手を合わせる。

　桐也は少し迷ってから、オムライスをひとくち食べた。

「んっ……！」

「？」

気のせいだろうか。桐也の目が大きく見開かれたように見えた。

次にナイフを入れたのは、エビフライ。揚げたての衣がサクッといい音を立てた。

そのあとは、コーンスープで口直し。そしてケチャップのスパゲティをくるくると巻いた。

菫は自分の食事がまったく進んでいないことにも気づかず、桐也の動作をいちいち目で追っていた。

（おいしそうに食べてくれてる、よね……？）

反応が気になって、ドキドキと心臓が高鳴る。

桐也はひととおり味わったあと、いよいよといったふうにハンバーグにナイフを入れた。

そして大きなひとくちを放り込んだ、そのときだ。

「うっ……」

「うっ……!?」

もしや、喉に詰まってしまうほど、口に合わなかったのだろうか？

さっと血の気が引いて、菫は青ざめる。ナイフとフォークを持ったままの桐也は、また菫から目をそらし、何か考え込むように下を向いた。そのあと――。

「う…………うまい」

小さな声で、しかし、はっきりとそう言ったのである。

「！」

菫の唇が小さく震える。

まさか、桐也がおいしいと言ってくれるなんて。

うれしさのあまり、思わず頬が緩んでしまう。そればかりでなく――。

「――よかった！」

と、思わず口に出していた。

「ありがとうございます」

礼を言うと、桐也が目を丸くしていた。

「……どうしておまえが礼を言うんだ？」

菫は少し考えてから、

「料理を褒められたのは、はじめてなんです。だから、その、うれしくて……」

と、正直な気持ちを伝えた。

桐也にしてみれば、たかが「うまい」と一言言っただけで、菫の反応は大げさなのかもしれない。しかし、実家で毎日のように料理をしても誰からも褒められず、それどころか「まずい」だの「口に合わない」だのと常に言われてきた菫にとっては、何度も礼を伝えたいほどに、うれしいことだったのだ。

桐也は「そうか」と短く答える。そしてしばらく何か考えているような様子のあと——。

「——お子様ランチは俺の憧れだった」

と、言った。菫は思わず顔を上げる。

桐也は何かを思い出しているように、ゆっくりとフォークを口に運んだ。

「……外食なんてしたことがなくてな。だからガキの頃、ショーケースに並んだ作り物をずうっと見てた。一度でいいから食ってみてえって、そう思ってたよ……」

とくん、と小さく心臓が鳴った。

桐也も自分と同じだったのだ。

シンとゴウが言っていた「親なし」という言葉。これとそのことが関係しているのかはわからないが——。

どうしてだろう。菫は彼のことを、もっと知りたいと、そう思った。

「でも、そのうちに大人になっちまってな。もう、お子様ランチなんて食うことはねえって、そう思ってた。だから、その……」

桐也は少しためらったあと、身を乗り出した。

「――ありがとうな」

ふと、頭の上がじんわりとあたたかくなる。

（えっ……？）

頭上に彼の大きな手が置かれていると気づくまで、時間がかかった。

その手がふわりと、やさしく菫の頭を撫《な》でる。

「あ、あの」

菫は戸惑った。そんなことは、親にもされたことがないので、意味がわからない。

小説でよく見るシチュエーションでは、こうするとき親は子に「いい子いい子」と言っていた。だからこれは、よくできたと褒められたということなのだろうか。

彼の表情から意図を読み取ろうとしたが、食事に戻った桐也は、淡々とした様子でナイフとフォークを動かしている。

（別に、意味なんて、ないよね）

菫がそう結論づけると、桐也が「ところで」と顔を上げた。

「この、うさぎは何なんだ？」

「…………」

「こういうのは、普通、国旗が立っているものと思っていたが、どうしてうさぎなんだ？」

「う……」

「う……？」

「……うさぎ王国です」

「うさぎ王国」

なぜそんなことを真面目に訊《き》くのだろうと、菫は恥ずかしさで真っ赤になる。

本当は頭を撫でられたときから、その顔は赤くなっていたのだが、うさぎ王国のせいでうやむやになってしまった。

第四章　はじめてのお祭り

屋敷《やしき》内の広間では、獅月組《しづきぐみ》の定例会議が行われていた。

今回は事情があって、菫《すみれ》も末席に身を置いている。よほど重要な会議らしく、シンやゴウをはじめとした黒服の組員たちがずらりと並んでいた。

そして上座には若頭の桐也《とうや》。いつにも増して鋭い目つきで、組員たちをねめつけた。

「その日はブツが大量に入荷する。客はよりどりみどりだ。売り上げを達成しなければ――」

ごくり、と誰かの喉が鳴る。

桐也はたっぷりと間をとったあと、ドスの効いた声で言った。

「――ケジメつけてもらうぜ」

組員たちが息を呑《の》んだ。菫もはらはらとしながら、成り行きを見守る。

「それじゃあ、気合い入れていくぞっ」

桐也が声を張り上げた。それを合図に、組員たちが立ちあがる。シンとゴウが前に出て、大きく息を吸い込んだ。

「第五十二回　子ども夏祭り、絶対成功させるぞおおおお！」

右手を大きく掲げる。組員たちの「オゥ！」という掛け声で、広間が震えた。

（子ども、夏祭り……）

その言葉を反すうする。

今日はそれについての会議をすると、桐也から聞いてはいた。それで、菫にも手伝って欲しいことがあるからと、会議に参加するよう頼まれたのである。

とはいえ菫は、子ども夏祭りというのは何かの隠語なのだろうと思っていた。それがまさか、本当に子ども夏祭りの会議だったとわかり、少し拍子抜けしてしまう。しかし同時に、その胸が小さく躍った。

（すごく、楽しそう）

任侠《にんきょう》道を重んじる人情派の獅月組は、先代の意向で代々この夏祭りを主催している。

――極道はこの街の夜を仕切らせてもらっている。だからお天道様《てんとさま》が昇ったら、今度は昼の街に感謝をしなければならねえ。

それが組長の口癖なのだと、桐也から教わった。

そういうわけで、獅月組は毎年たくさんの屋台を呼んでいるのだが、今年は偶然、ほかの祭りと重なってしまった。それで手が足りず、組員たちが自ら、屋台を手伝うということになったのである。


「いまどきの屋台といったら、やっぱタピオカじゃないっすか!?」

「バカ！　それはもう古《ふり》ぃよ。今はマリトッツォだろ？」

「んなもん屋台でどうやって出すんだよ!?」

「コストを考えろ、コストを！」

　熱い議論が飛び交う。組員たちは真剣だ。

　さて、菫は何を手伝えばいいのかとあたりを見回す。すると、その動作を目ざとく見つけた桐也が近づいてきた。

「おまえはこっちだ」

　連れられて、桐也の座る上座へと向かう。そこで何やら、リストを渡された。

「ここにあるのを適当に見繕って、袋菓子を発注して欲しい」

「袋菓子、ですか？」

「ああ、当日に配る用だ。祭りに来たガキに無料でやろうと思う」

「それは喜びそうですね」

　素直に感想を言うと、桐也は少し顔を赤らめた。

「こ、今年はたまたま予算が余ったからな」

と、ぶっきらぼうに言ったが、それは照れ隠しなのだろう。あくまで家政婦としてであるが、ひとつ屋根の下で生活を共にするうちに、彼の人となりが、少しずつわかってきた。

桐也はコホンとひとつ咳払《せきばら》いをしてから、話を続けた。

「それで、これが祭りの会計だ。この予算内で頼む。それから、備品の発注も頼みたい」

わかりました、と菫は頷《うなず》く。受け取った書類をぱらぱらとめくり、気になった点をいくつか確認した。

「――では、これでよろしいですか？」

「ああ、問題ない」

桐也の承認を得て、さっそく仕事に取り掛かる。

最近の菫は、こうした事務仕事も請け負っていた。備品の発注や書類の整理、ときには来客のお茶出しをすることもある。その仕事は多岐にわたり、まるで小さな会社の事務員だ。

慣れないこともあり大変だが、必要とされている充実感もある。

「それからこれは別件だが、商店街の角にある和菓子店でどら焼きを買ってきてくれないか？」

「はい。みなさんのおやつですか?」

いや……と少し考えてから、桐也が言った。

「親父《おやじ》の見舞い用だ。昔からの好物でな。箱入りのを頼む」

桐也は毎週のように、入院中の組長を見舞っていた。

「わかりました。それでは、午前のうちに行ってきますね」

「ああ、よろしく頼む」

頷いて、菫は立ち上がった。書類を手に、部屋を出ようとする。

「菫」

すると、桐也に呼び止められた。最近の桐也は、こうして菫のことを名前で呼ぶ。

自分には不似合いだと気に入っていない名前も、どうしてだろう、彼に呼ばれるのは、嫌いではなかった。

少し面映《おもは》ゆい気持ちになりながら、はい、と返事をすると、ややあって桐也が言った。

「面倒なことを任せて悪いな。見てわかるとおり、あいつらには、細かいことは任せられねえから……」

わいわいと騒いでいる組員たちを見やって、苦笑する。

「いえ。こういう仕事は嫌いじゃありませんから」

と、菫も少し笑った。すると――。

「ありがとな」

ふいに礼を言われた。

「おまえがいてくれて、すごく助かっているよ」

それは、何気ない日常会話のひとつだ。

しかし、それを言った彼の目が、やさしく細められていて――。

「い、いえ」

思わず、声が上ずってしまった。

(桐也さんが、お礼を言ってくれた……)

それだけで、胸がうれしさでいっぱいになる。何か答えなければと思うが、また、頭がほわほわとしてしまい、言葉にならなかった。

「――失礼します」

消え入りそうな声で、かろうじてそう言うと、逃げるようにその場から立ち去る。

最近の自分はおかしかった。こうして桐也から言葉を掛けられたり、その、滅多にない笑顔を目にするたび、体が熱くなって胸が高鳴る。

この気持ちは、いったい、何――?

はじめての感情に、菫は戸惑っていた。

＊＊＊

「親父、失礼します！」

スーツ姿の桐也は声を張り、深く辞儀をした。

一般の患者の目に付かない専用の特別室に、男はいた。

獅月組・三代目組長 獅月哲朗《しづきてつろう》――。

白月《はくげつ》の獅子《しし》の異名を持ち、かつてこの街で起きた抗争をたったひとりで収めたという、伝説の男である。

「桐也か。入れ」

威厳のある低い声。闘病中の身であっても、その貫禄《かんろく》は衰えることはない。

桐也はもう一度深く礼をして、見舞いの品を渡す。哲朗は「ありがとうなぁ」と言って破顔した。

「みんなは元気にやってるか？」

桐也は頷き、組員たちの様子を話した。

「そうかぁ、もう祭りの季節か。子どもたちを喜ばせてやってくれよ」

そう言って目を細める。

哲朗は独身で、子どももいない。だからというわけではないが、祭りを楽しむ子どもたちの姿を、毎年楽しみにしているのだ。

「今年は行けそうにないからなぁ」

窓の外を見ながら、誰にともなく呟《つぶや》く。

「親父のぶんまで、自分たちが見届けますから」

と、桐也は切ない気持ちになりながら言った。

桐也にとって、哲朗は本当の親父そのものだ。

少し痩せてしまった背中を見ながら、ふと、昔のことを思い出す。

十四のとき、哲朗に拾われて人生が変わった。

それまでの桐也はどうしようもないクズで、学校にも行かず、街をフラフラしては喧嘩《けんか》に明け暮れる日々だった。

親もいない、金もない、頼れる仲間もいない。

しかし喧嘩の才能だけには恵まれたようで、この街では負け知らずだった。

着崩した学ランに、ぼさぼさの髪を無造作に撫《な》でつけた金髪頭。

いつしか桐也は、金色の暴れ獅子《こんじきのじし》と呼ばれ、地元の不良たちから恐れられる存在となる。

そんな彼を大人たちが放っておくはずがなく、あるとき半グレのグループから声を掛けられた。しかし桐也は、その誘いを拳で一刀両断にしてしまう。

メンツを潰された彼らは、その報復に桐也を呼び出した。たったひとりの少年に、屈強な男たちが集団で襲い掛かる。

不良の喧嘩は素手でやり合うのが鉄則だ。しかし不良でもなく、組織にも属さない半グレに、そんなルールは通用しない。集団に武器を持たれ、さすがの桐也も地面に倒れ込んだ。目の端に、角材を振り下ろそうとする男の姿が映る。

このまま、死ぬのだろうか――。

それでも構わないと、桐也は思った。父親はおらず、たったひとりの肉親である母親にも捨てられた。将来の希望もない。この先に待っているのは、クソみたいな人生だ。

唯一、未練があるとすれば――。

そこまで考えたところで、桐也の意識はなくなった。

「大丈夫か？　坊主」

揺り動かされて目を覚ますと、桐也はあたたかい腕に抱かれていた。

頭は――無事のようだ。桐也を抱いているのは、白髪頭の老人だった。着ている羽織には、獅月組の代紋が入っている。

「連れていけ」

老人が低い声で言った。黒服の部下に抱えられて、車に乗せられる。腫れ上がった薄目に、さっきの半グレ集団たちが横たわっているのが見えた。

連れて行かれたのは、獅月組の事務所だった。

体のあちこちが痛んだが、いきがって、革張りのソファにどっかりと腰掛ける。

そんな桐也を、おもしろそうに見ながら、しかし凄《すご》みのある目つきで、老人は言った。

「おまえ、うちのシマで悪さするとはいい度胸だなぁ」

静かだが威圧感のある声に、思わず震え上がる。

数々の修羅場をくぐってきた桐也には、本物を見極める眼《め》があった。

ヤクザを、いや、いま目の前にいる老人を舐《な》めていたと、そう思った。

今度こそ、終わりだ。

おそらく自分は、これからケジメをつけさせられる。

そう思って目を閉じると、頭に皺《しわ》のある大きな手がやさしく載せられた。

「ひとりでよく頑張ったなぁ、坊主」

瞬間、桐也の目から涙が溢《あふ》れた。

その言葉がまるで、桐也のいままでの人生のことを言っているように、そう感じてしまったのだ。

誰かのまえでこんなにも泣いたのは、はじめてのことだ。

母親に捨てられたときですら、一滴も涙は出なかったというのに。

自分でもわからないくらい、あとからあとから涙が零《こぼ》れ落《お》ちる。血と涙でグショグショになった桐也を、老人は黙って撫で続けた。

その日、桐也の運命は決まった。

たったひとりの家族——父親ができたのだ。

「親父不在の間は、俺が責任を持って獅月組を護《まも》りますから」

以前に見舞ったときよりも、少し弱っている様子の哲朗を安心させたくて、桐也は言った。

「おまえは相変わらず真面目だなぁ」

と、哲朗はからかうようにハッハと笑う。

「そんなことより——」

そして前置きをしてから桐也に向き直ると、こう言った。

「おまえ、女でもできたのか？」

「なっ……」

哲朗を相手に、思わず軽いノリのツッコミを入れてしまいそうになった。

「何を言っているんですか、いきなり！」

「そんなに焦るところを見ると図星だなぁ？」

哲朗がにやりと口の端を上げる。するとなぜか、脳裏に菫の顔が浮かび、桐也は慌ててその想像を打ち消した。

「お、俺は、親父不在の間に、そ、そんな浮ついたことは――」

うまく言葉にならない。すると哲朗が呆《あき》れたように言った。

「まったく。真面目どころかクソ真面目だなぁ。おまえは」

「………」

とうとう黙ってしまった桐也を見て、哲朗は高笑いをする。

「桐也、おまえは俺みたいになるんじゃねえぞ」

顔を上げると、哲朗はいつになく、真剣な表情をしていた。

「どういうことですか？」

哲朗はすぐには答えず、再び窓の外を見る。

「おまえはいつか、自分の家族を持て。極道もんが何言ってやがるって思うかもしんねえけどよ。俺はおまえには――普通の家族を持ってほしいんだ」

視線の先にある中庭には、入院中の父親を見舞う妻と小さな子どもの姿があった。

でも、俺には親父《おやじ》が――。

言おうとして、とどまる。そういうことではない。

哲朗は「親父」として、その言葉を言っているのだと、桐也にはわかったからだ。

死を覚悟した十四のときに想《おも》った、唯一の未練。

それは、家族だ。

ほんとうの家族が欲しいと、ずっと思っていた。

そして親父は――桐也のその気持ちに、ずっと気づいているのだろう。

「ああ、そうだ。どら焼き、ありがとうなぁ。わざわざ掛紙までしてあって。ちゃんとした娘さんじゃないか」

哲朗が笑う。

いつもは箱入りのものを買うだけで、包装も見舞い用の掛紙もしてもらわない。しかし桐也はそのことに気づかず、ただ目を白黒させて冷や汗をかいていた。

＊＊＊

書類仕事を終えた菫は、庭掃除をはじめた。

屋敷《やしき》の庭は門まで広く抜けているため、玄関前は特に入念に掃き掃除をする。

(今日は門の外も綺麗《きれい》にしよう)

堅気には決して迷惑を掛けないという組長の信念を、獅月組、そして桐也は、愚直に体現している。

最近は菫も、その信念を模範にしようと心掛けていた。もっとも、自分は極道ではないし、ただの家政婦だけれど。

(私を雇ってくれた桐也さんにも、恩返しをしたいから――)

獅月組の信念に則《のっと》った行動をすれば、それはすなわち桐也にとっても意義のあることになると、菫はそう思っていた。

八月の日差しは強く、夢中で竹箒《たけぼうき》を握る菫の手に、じっとりと汗がにじむ。

少し休憩しようと、その手を止めたのと同時に声を掛けられた。

「あれ？　君、見ない顔だねェ」

顔を上げると、そこには白いスーツを着た細身の男がいた。金髪に染められた髪をハーフアップにして、両耳にはダイヤモンドのピアスが光っている。

まるで女性のような、美しい男だ。

その背後には黒塗りの重厚なセダン。そしてパーマ頭を刈り上げた体格のいい黒服の男が、鋭い目つきで控えていた。

「女子がいるなんて珍しいや。ここに近づく一般人なんていないから、もしかして君、関係者？」

首を傾《かし》げて微笑《ほほえ》む。なんと答えてよいかわからず、菫は押し黙った。

「フン、無愛想な女。まァどうでもいいや。桐也に用があるんだけど、出してくれない？」

同業者、だろうか。

それとも桐也の知り合い？

あいにく組員たちはさっき外に出たばかりで、屋敷には菫ひとりだ。

桐也の名前が出た以上は警戒をしなければ、獅月組に迷惑をかけてしまうかもしれない。

菫は身構えて言った。

「桐也さんは、いまお留守です。ど、どちら様でしょうか？」

思わず声が上ずってしまいそうになる。しかし関係者であると思われている状態で、みっともない姿は見せたくなくて、背筋を伸ばした。

「どちら様ァ？」

尋ねられた金髪の男は、目を大きく見開いて「アハッ」と、素っ頓狂な声を出した。

「僕のことを知らないなんて、ハハッ！　素人だね。君こそ、どちら様なの？　人に名前を聞くときは、まずそっちから名乗るのが礼儀じゃないのかなァ？」

男は菫の顔を下から見上げるようにしてねめつけた。

「わ、私は……」

名乗ってよいものだろうか。

逡巡《しゅんじゅん》していると、男の顔色が変わった。

「ねえ、なんで答えないの。もしかして――」

その美しい顔が、目前まで近づけられる。男は口の端を上げると、ゆっくりとした口調で言った。

「――桐也の女じゃないよね？」

微笑を浮かべているが、その瞳にはまるで獲物を狙う蛇のような敵意が映っている。

ぞくり、と全身に鳥肌が立った。

「違います！　私は家政婦で――」

　菫は思わず男の体を押しのけて、ハッとした。

「なァんだ。ただの家政婦か。まァ、そうだよね。君みたいなのが、桐也の女なワケないや」

　男はあざけるように笑ったあと、「清史《きよふみ》」と背後の男を呼んだ。

「はい、頭」

「帰ろう。桐也がいないなら、こんなボロ屋敷に用ないから」

　呼ばれた男は「かしこまりました」と言って、車のドアを開けた。

「そうだ。桐也に伝えてよ。龍桜会《りゅうおうかい》の美桜《みおう》が、祭りで会えるのを楽しみにしてるってね」

　乗り込む間際、そう言って男はにっこりと笑う。

　今度はまるで天女のような、美しい微笑だった。

　その日の夜――。

　桐也が淹《い》れてくれた食後のコーヒーを飲みながら、菫は今日出会った男たちのことを話した。

「美桜の奴が来たのか⁉」

特徴を伝えるなり桐也の顔色が変わって、前のめりになる。

「はい。あとは清史さんと呼ばれている、体の大きな男の人でした」

桐也は揺れるコーヒーをしばらく見つめたあと、カップを置いた。

「龍咲《りゅうざき》美桜——龍桜会の若頭で、一族の長兄だ。鯉塚《こいづか》清史は奴の側近で舎弟頭。龍桜会の会長は、現場を退いている。つまり、いま実質トップの地位で組を仕切っているのが美桜ってわけだ」

やはり同業者だったのだと、背筋が冷たくなる。

「桐也さん、すみません。私、つい自分が家政婦であることを伝えてしまいました」

頭を下げると、桐也は穏やかな声色で言った。

「構わない。知られるのも、時間の問題だった。あいつは常に、うちを監視しているからな」

「監視……？」

不穏な言葉を聞いて、菫は不安げな表情になる。それに気づいた桐也は、少しためらったあと、口を開いた。

「いい機会だから、おまえにも説明しておく」

そう言って、この街の勢力図について話し出す。

獅月組は、昔ながらの極道だ。組長は人情派で、代々任侠《にんきょう》道を重んじている。

この街の大部分を占める繁華街は、獅月組によって治安と経済を維持されているといっても過言ではなかった。

そして龍桜会は、獅月組と縄張りを大きく二分する新興ヤクザだ。金のためならどんな悪もいとわないスタンスで、その勢力を拡大してきた。

この街にはもともと、大小を問わず多くのヤクザ組織が存在している。しかし龍桜会の侵攻によって、その均衡は崩れてしまったのだ。

縄張りを巡って、毎日のように繰り広げられる抗争。男たちはしのぎを削り、街は疲弊していった。

このままでは、共倒れをしてしまう。そしてそれこそが、龍桜会の目的でもあった。

そこで立ち上がったのが、獅月組・三代目組長の獅月哲朗である。

哲朗は龍桜会・会長の龍咲桜路《おうじ》と対話を試みるが、しかし、交渉は決裂。

やむなく哲朗は、その圧倒的な力でこの街を制圧したのである。

獅月組と龍桜会の抗争は、その縄張りを西と東で二分することで手打ちとなった。

そして、そのほかの組織の縄張りも元通りに配分され、この街の均衡は再び保たれることとなったのである。

「そういうわけだから、龍桜会は、うちには手出しできねえ。もっともそれは――表向き、だがな」

表向き……菫は繰り返した。

「手打ちにはなったが、やつらは納得したわけじゃねえ。龍桜会の目的は、この街を制圧することだからな。それにはうちが目の上のたんこぶ。だから奴らは、いまも虎視眈々《こしたんたん》と反撃の機会を窺《うかが》ってんだよ」

菫の心に、不安の影が差す。ハッと、美桜が言っていた言葉を思い出した。

「その、美桜さんという方は、お祭りを楽しみにしている、と言っていました。もしかしてその日に何か……」

「ああ、それなら心配ない。祭りには、龍桜会も金を出しているからな。若頭として、挨拶に来るだけだ。まぁ、それが牽制《けんせい》にもなっているわけだが――」

菫の心配に気づいたのか、桐也は幼子に言い聞かせるように言った。

「安心しろ。俺の目の黒いうちは、奴らに手出しはさせねえよ」

菫は頷《うなず》いたが、不安の色は消えなかった。

ここは表の世界ではないのだと、あらためて思い知らされる。

「ところで、あいつはほかに何か言っていたか？」

「えっと――」

桐也の女かと尋ねられたことを思い出し、なぜか顔が熱くなった。

「い、いえ……ほかには何も……」

「そうか、ならいい」

桐也はそう言って、ようやくコーヒーに口をつけた。

(そんなことを伝えたら、桐也さん、きっと嫌な気持ちになるよね……)

美桜がなぜそんなことを聞いたのかはわからないが、きっと深い意味はないだろう。

それよりも――。

(どうして、桐也さんの女だって思われたことが、こんなにも恥ずかしいんだろう……)

最初にここに来たとき、桐也から「俺の女になれ」と冗談を言われたことを思い出した。

そのときには恥ずかしいどころか、この綺麗な顔を目の前にしても、何も感じることはなかったのに――。

菫は、自分のなかで何か大きな変化が起きていると、そう思った。

夏祭りの日がやってきた。

桐也をはじめ、組員たちは朝から準備で大わらわだ。

神社の境内には、待ち切れない子どもたちが歓声を上げながら走り回っている。

菫も屋台で使う食材を運びながら、そんな様子を微笑ましく眺めていた。

祭りは、神社とその隣にある広場を貸し切って行われる。境内には屋台がずらりと並び、広場には賑《にぎ》やかな音楽が流れる盆踊り会場が設置された。

祭りの最後には大きな花火が上がり、地域住民の毎年の楽しみとなっている。

「子どもたち、うれしそうですね」

菫は隣を歩いていた桐也に話しかけた。桐也は「ああ?」と言って、走る子どもを一瞥《いちべつ》したあと、顔をしかめた。

「ったく、ちょろちょろと邪魔くせえ……」

屋台で使うガスボンベを、子どもたちのいない方向に持ち替える。

「おい、危ねえぞ！　遊ぶんなら向こう行け」

境内は屋台の準備真っ最中で、様々な人がばたばたと行き交っている。ここで走り回っていては危険だと、注意をしたのだろう。

(最近、わかってきた。桐也さんは、すごくやさしい人だって……)

菫はその姿を見て思う。

口調は厳しいが、それは相手を想《おも》ってのこと。その証拠に、注意をされた子どもたちは

「はぁい」と返事をして、素直に広場のほうへと駆けて行く。

（やっぱり、子どもにはわかるんだ……）

と、菫はうれしくなった。

「よし、と。これで準備はできたな」

額にかいた汗をぬぐい、桐也が言った。

獅月組が担当する屋台は、お好み焼きやタコ焼き、焼きそばにクレープと様々だ。組員たちもこの日のため、入念な下準備と調理の練習をしてきた。

「それじゃあ、テメーら……気合い入れていくぞ！」

桐也が声を張り上げる。

境内に、「オウ！」という男たちの雄叫《おたけ》びが響いた。

（なんだか、文化祭みたい……）

学費のためアルバイトに明け暮れていたせいで、学校行事にあまり参加できなかった菫は、熱気に溢《あふ》れたこの雰囲気を新鮮に思う。

ただし周りにいるのは、制服を着た学生たちではなく、強面《こわもて》で屈強な体つきのおじさんたちばかりだけれど——。

「ふふっ」

それでも菫の胸は、自然と高鳴るのだった。

昼の時間が近づき、境内は大勢の祭り客で賑わいはじめた。

とくに獅月組が主体となっている飲食の屋台は、大盛況である。

菫の仕事は、各屋台を回って在庫の確認、そして食材や釣銭の補充をすることだ。まずはシンが担当をしているお好み焼きの屋台へと顔を出した。

「キャベツの在庫をお持ちしましたよ〜！」

ジュウジュウという鉄板の音に負けないよう、声を張り上げる。すると、焦げ臭い匂いが鼻をついた。

「シンさん！　大丈夫ですか!?」

慌てて駆け寄ると、シンがいまにも泣きそうな顔をしている。

「菫さ〜ん！　助けてください！　全然うまく焼けないんすよ〜」

鉄板に目をやると、豚バラの載ったお好み焼きが真っ黒に焦げていた。

シンは慌てふためきながら、その横で焼いていたもう一枚をひっくり返す。しかし今度は生焼けで、ばらばらになってしまった。

「ああっ！　ひっくり返すのが早いです！」

菫は急いで横に入り、火加減を調整した。見れば、油も引き忘れているようである。

「豚玉、まだ～？」

という声が飛んだ。昼時を待って、屋台の前は大混雑。おそらくそれで、シンは手が回らなくなってしまったのだろう。

「お手伝いします！」

菫は置いてあったヘラを取る。

「シンさん！　焦らないで、私の言うとおりにやってみてください」

慌てるシンを落ち着かせるため、ゆっくりとした口調で語りかける。菫は調理の担当ではなかったが、獅月組が出す屋台のメニューは、念のため作り方をすべて予習していた。

「まずは鉄板の温度がちょうどよくなるのを待ちましょう。そして油は全体にまんべんなく！」

菫は実際に作業をしながら、やって見せた。

シンはすっかり料理学校の生徒になって、「はい！」と威勢のいい返事をする。

「生地は厚さ一センチくらい。豚肉をのせて、色が変わってきたら……えいっ！」

そして菫が鮮やかに生地をひっくり返すと——裏はこんがりと、おいしそうなきつね色になっていた。

「菫さん！　すごいっす！」

シンが歓声を上げる。

「ありがとうございます！　でも、感動している場合じゃありません。次を焼いていきますよ！」

菫はソースを塗りながら次の客の注文を聞き、商品を渡すと生地作りに取り掛かる。そしてシンに焼き加減の指示を出しながら、次々に客をさばいていった。

「シンさん、コツはつかめてきましたか？」

「ありがとうございます！　バッチリっす！」

「よかった！　それじゃあ、私はそろそろ――」

次の店へ行こうとすると、ごった返す客の向こうから、焼きそばを担当するゴウが泣き顔で手を振っていた。慌てて外へ出る。

「何かあったんですか？」

「菫さん、すみません！　手が足りなくて……」

「すぐに行きます！」

駆けつけた焼きそばの屋台は、さらに人で溢れていた。ゴウと一緒に調理を担当していた組員が、お釣りを間違えたらしくおたおたしている。そのあいだに、焼きそばのソースが焦げ付いてしまったようだ。

「手伝いますね！」

菫は瞬時に正しい釣銭を渡してから、まずは鉄板の掃除をした。そして油を引き直し、注文を聞くのと同時に、すぐに作り直しをはじめる。

「す、すげえ……」

ゴウと組員は、その手際のよさに見惚《みと》れ、あんぐりと口を開ける。

菫が手伝ってから、店の前にある行列はあっと言う間にはけてしまった。

なんとかピークを乗り切ったものの、それからも目の回る忙しさで——だから菫は、その姿を見つめる眼差《まなざ》しに気づいていなかった。

そのあとの菫は、たこ焼き屋でマヨネーズとソースを華麗にあやつり、クレープ屋ではかわいらしいトッピングの仕方を提案、かき氷の長い行列を整理して、ヨーヨー釣りではやさしくコツを教えて子どもたちから人気者となった。

それから暗算が苦手な組員たちに釣銭表を作ってあげたところでようやくひと休みする。

気づけば、あたりはすっかり薄暗くなっていた。

休憩所となっている社務所で冷たい麦茶を飲んでいると——。

「よう、大活躍だったらしいな」

桐也がやって来た。

菫は慌てて、ハンカチで額の汗をぬぐう。

「い、いえ。少しお手伝いをしただけです」

「シンにゴウ、それからほかの奴らからも聞いた。みんな感謝してたぞ」

「そんな……ありがとうございます」

さすがに台所のようにはいかないが、調理関係なら少しは勝手がわかるし、帰宅ラッシュで混雑するコンビニでアルバイトをしていたので、客さばきは慣れている。

だから、褒められて恐縮をしてしまったのだが——。

「礼を言うのはこっちだよ」

と、また、頭を撫《な》でられてしまった。

「ど、どうも……」

ふしゅうと顔から湯気が出る。

全身が熱くなったのは、ずっと鉄板の前にいたせいだろうか。

「飯は食ったか？」

聞かれてはじめて、昼食を食べ忘れていたことに気が付き、首を横に振る。

「そうか。それじゃあ俺も一段落したところだし、一緒に店でも回るか。なんでも好きなもん食え」

「はっ、はい！」

自分でも驚くほど大きな声が出てしまい、桐也が笑っている。そのことが恥ずかしくて、今度は変な汗を掻《か》いてしまった。そのときである。

「ちょっとぉ！　うら若き家政婦をお祭りデートに誘うなんて職権乱用よ！」

艶っぽい声が響いて顔を上げると、髪をアップにした浴衣《ゆかた》姿の美女が立っていた。『ClubM』のママ、薫子《かおるこ》である。

「ったく、バカなこと言ってんじゃねえよ！」

「あら、何よその言いぐさ！　誰のために来てあげたと思ってるの？」

ぴしゃりと言われて、桐也はぐっと押し黙る。

「美女揃《ぞろ》いの盆踊りはこの祭りの名物なんだから。それが中止なんてことになったら、この町のおじ様方が黙っちゃいないわよ」

そう言って休憩所にいた男性陣にウインクをすると、彼らの顔が瞬く間にぽうっと赤くなった。

「それは感謝している」

薫子は「よろしい」と言って、持っていた巾着から扇子を取り出すと、優雅な仕草でひらひらとあおぐ。白地に真っ赤な牡丹《ぼたん》が鮮やかな浴衣が、よく似合っていた。

（浴衣、いいな……）

外を見ると、薫子の店で働くホステスたちが浴衣姿で談笑している。それを見て、つい、うらやましいと思ってしまった。

「菫ちゃんも久しぶりね。聞いたわよ。ここの家政婦になったんですって？」

「はい。その節は、お世話になりました」

「あら、いいのよ。まぁ、うちとしてはちょっぴり残念だったけど」

「残念？」

首を傾《かし》げると、薫子は「こっちの話」と言ってウインクをした。会話を聞いていた桐也が、なぜか焦ったような表情になる。

「お、おい！　さっさと行くぞ！」

菫が慌てて返事をすると、薫子が引き留めた。

「待って。もしかして、そのままで行くつもり？」

「え？」

なんのことを言っているかわからず、きょとんとしていると――。

「お祭りデートといえば浴衣を着なくちゃ！」

薫子が人差し指で、ちょん、と菫の頰《ほ》っぺたに触れた。

「デ、デートじゃないです！　それに私、浴衣は持っていなくて――」

持っていないどころか、生まれてこのかた着たこともない。そのことが恥ずかしくなってうつむいていると、「ちょうどよかったわ！」と言って、薫子がはしゃいだ。

「今日、実はひとり来られない子がいてね。浴衣が一式余っているのよ！　それを菫ちゃんに着せてあげる！」

「えっ、で、でも」

「大丈夫！　お姉さんが、また魔法をかけてあげるわ！　それじゃあ、菫ちゃんちょっと借りるわね！」

そして菫は、強引に連れて行かれてしまったのだった。

薫子に着付けをしてもらった菫は、桐也との待ち合わせ場所である、赤い鳥居の前にやって来た。

余っていた浴衣は、偶然にも淡いすみれ色。薫子は慣れた手つきで帯を華やかに結び、髪も和装に合うようにと上品にまとめてくれた。

可憐《かれん》な白い花の髪飾りを照れくさく思いながら、菫は桐也に声を掛ける。

「あ、あの、お待たせしました……」

すると、こちらを振り向いた桐也が、一瞬だけ戸惑ったような顔になった。

(や、やっぱり、私なんかには似合っていないよね……)

恥ずかしいやら申し訳ないやらで、うつむいてしまった菫は、それきり顔が上げられない。

だから、そのあとの彼の表情は、わからなかった。

「あ、ああ。行くぞ」

桐也は浴衣のことには触れないで、いつになく大股で歩き出す。

菫は慌ててついて行こうとするが、慣れない下駄《げた》を履いているのでうまく歩けなかった。

夜になって、境内はさらに多くの祭り客で賑《にぎ》わっている。はじめて肌で感じる祭りの熱気と人混みに圧倒されながら、菫はちょこちょこと一生懸命に歩いた。

「あっ」

桐也がいきなり、ぴたりと止まった。下を向いていた菫は、その背中にぶつかってしまう。

「す、すみません!」

謝ると、振り返った桐也が申し訳なさそうな顔をしていた。

「──悪い」

「えっ？」

「謝るのはこっちだ。もっと、その、ゆっくり歩くから」

桐也にしては珍しく、歯切れが悪い。ようやく、先に歩いて行ってしまったことを謝罪しているのだとわかり、菫は小さく首を振った。

「いいえ、私が慣れていないせいで、すみません。お祭りも、浴衣も、はじめてなので」

そう言うと、桐也の目が小さく見開かれ、「そうか」と言った。

「──それじゃあ、ひととおり見て回るか。見たいもんや、食いたいもんがあったら言うんだぞ」

はい、と頷《うなず》く。

そのあとの桐也は、菫の歩幅に合わせてゆっくりと歩いてくれた。もっとも、人混みに押されてそうせざるを得ないというのもあるのだろうけれど。

（わぁ、綺麗……）

夜の境内を照らす屋台と提灯の灯りに、菫は目を輝かせた。

子どもの頃から、ずっと憧れていた夏祭り──。

母に頼んでも連れて行ってはもらえなかった。それからも、家事にアルバイトにと忙しくしていた菫には、友達と出かける機会すらもなかったのだ。

楽しそうに金魚すくいをする親子連れや、綿あめやかき氷を持って友達と盛り上がる子どもたち。おそろいの浴衣を着て恥ずかしそうに手をつなぐカップルは、見ているこっちがうらやましくなってしまうほど、幸せそうだ。

行き交う祭り客を見て、菫の頬が自然と緩んでいく。

「あ、うさちゃん」

思わず足を止めたのは、射的の屋台だ。並んでいる景品に、小さなうさぎのぬいぐるみが置いてあった。

「やりたいのか？」

視線に気づいたのか、声をかけられて慌てた。

「い、いいえ。ただ、あの、うさぎが、かわいいなって」

桐也は何か考えるように顎に手をあてると、「おい、親父《おやじ》。一回だ」と言って金を渡した。

「い、いいんです！　わ、私、やったことなくて——」

「大丈夫だ。俺が教えてやる」

そう言って、受け取ったおもちゃの銃を菫に握らせる。

「狙うなら頭だ。ど真ん中じゃ、やれねえ」

背後から、まるで抱き締めるようにして囁《ささや》かれた。

銃の位置を調整しているだけだとわかっていても、その距離の近さにどぎまぎとしてしまった。

「いけるか？」

「は、はい……！」

引き金を引く。ぽすんとコルクの弾が発射され、うさぎの体に当たった。

「惜しいな。次はもう少し上だ」

「わ、わかりました！」

菫は慎重に銃を構える。しかしそのあとは、なかなかうまくいかなかった。

「最後の一発になってしまいました……」

せっかく教えてもらったのに……と、少ししょんぼりしていると、桐也が言った。

「俺がやってもいいか？」

頷くと、慣れた手つきで銃を取る。そして――。

ポンッ！

見事、弾はうさぎの頭に命中。カランコロンと鐘が鳴った。

「おめでとさん！　お兄さん、慣れてるねぇ」

屋台の親父が、うさぎのぬいぐるみを渡す。桐也は複雑な表情をしながらも、それを受け取ると、そのまま菫に差し出した。

「ほら、やるよ」

「えっ、い、いいんですか？」

「俺が欲しくて取ったわけねえだろ。だから……おまえにやるよ」

「あ、ありがとうございます！」

菫の両手に、ふわりと真っ白なうさぎが載せられる。

（どうしよう。うれしい……）

菫は手のひらのうさぎを、ぎゅっと抱き締めた。

「次はどこ行く？　なんか食いたいもんあるか？」

「えっと……」

あたりをきょろきょろと見渡すが、いろんな店があって目移りをしてしまう。目に留まったのは――。

「りんご飴《あめ》！」

カラフルでかわいらしい見た目のりんご飴。りんご飴も、菫のずっと憧れだった。

「それじゃ、腹膨れねえだろ」

桐也がそう言って、ふっと笑う。

「す、すみません！　ですよね……そ、それじゃあ別の――」

「ダメなんて言ってねえだろ。飯はシンやゴウの店にでも行ってかっぱらってくればいい」

「か、かっぱらうのはダメですよ！」

「冗談だよ。何色がいいんだ？」

店の前には、赤、青、白……と、色とりどりのりんご飴が並んでいる。菫は少し迷ってから、小さな赤いのを選んだ。

「これにします」

桐也が、んっと小さく頷いて渡してくれる。

（りんご飴だ……）

受け取った菫は、まるでそれをはじめて見る子どものように、まじまじと見つめた。

――子どもの頃は、小さなチョコレートひとつ、買ってもらえなかったっけ。

小さな子どもなら当たり前に欲しいと思うような駄菓子すらも母には買ってもらえず、

それどころか、そんなくだらないものを欲しがるなと叱責されたことを思い出す。何よりもそのことがつらかった。

欲しいと言ったものを否定されないことが、こんなにもうれしいことなのだと、菫は二十歳にもなってはじめて知った。

(甘いお菓子を買ってもらえるって、しあわせなんだな……)

祭りの熱気のせいか、心がふわふわと弾んでしまう。

そのときふと、視線を感じた。顔を上げると、浴衣姿の若い女の子が三人、こちらを振り向いている。そのなかのひとりが言った。

「ねぇ、見て、あの人。すごくかっこいい!」

三人は「本当だ!」とはしゃぎながら、ちらちらとこちらを振り返っている。

「ちょっと悪そうなところがまたいいよね」

「うん! 大人って感じ!」

ひそひそ話をしているつもりなのだろうが、話はすべて筒抜けだ。そして内容から察するに、桐也のことを言っているのだろう。

あらためて、桐也を仰ぎ見た菫は、あることに気づいた。

(あれ? もしかして、桐也さんって、すごく、かっこいい……?)

そして彼女たちを追い抜く際、

「あんなにかっこいい人が彼氏なんてうらやましいね」

という声が飛んでくる。どうやら菫は、桐也の恋人だと勘違いされているようだ。

(ど、どうしよう！　違うのに……)

恥ずかしいやら申し訳ないやらで、桐也と女の子たちを交互に振り返る。しかし彼女たちの声が聞こえていないのか、桐也のほうは平然としていた。

注意してよく見ると、彼のことを振り返っているのは彼女たちだけではない。年上のお姉さんから、女子高生、子連れのお母さんと、様々な女性たちが桐也に熱い視線を送っていた。

(でも、きっと、こんなことは慣れっこなんだろうな)

そんな状況でありながら、何も動じることのない彼を見て、そう思う。

歩いているだけでこうなのだから、言い寄る女性は後を絶たないに違いない。色恋沙汰には疎い菫でも、この状況を見れば、さすがにそれは察せられた。そしてそう思うと同時に、その胸がチクリと痛む。

(なんだろう、この痛み……)

最近の菫は、桐也の言動ひとつで、まるで荒波のように心が揺れ動いてしまう。こんなことは、生きてきてはじめてだった。

「……あれ？」

つい考えごとに集中してしまった菫は、目の前に桐也の姿がないことに気が付いた。どうやら、うっかり人混みに流されてしまったようである。

背伸びをして見ると、少し離れたところに、彼の背中が見えた。

「桐也さん！」

小さく名前を呼んだが、喧騒《けんそう》に紛れて届かない。急いで追いかけようとしたが、慣れない下駄《げた》で足がもつれてしまった。そのときだ。

ぎゅっと、誰かに手首を握られた。

（えっ……？）

顔を上げる。するといつの間にか、桐也の姿が目の前にあり、心配そうな顔でこちらを見ていた。

「はぐれるぞ」

「す、すみません。足が、もつれて」

そう言うと、桐也の大きな手が、探るように、菫の指へと触れる。そして、その手をゆっくりと、絡まり合わせた。

「っ……」

息が、止まりそうになる。

「悪い。この人混みを抜けるあいだだけだから」

と、桐也はそのまま、菫の手を引いた。

(桐也さん……！)

わかっている。

これは、菫が人混みではぐれそうになったから、してくれただけのこと。

でも、それでも。まるで恋人同士のようにつながれた手に、心臓がどきどきと大きく高鳴ってしまう。

彼の温《ぬく》もりをその手に感じて、菫の胸はぎゅっと切なく痛んだ。

思わず、目を閉じる。

菫の顔はもう、手に持ったりんご飴より真っ赤になっていた。

「ここなら落ち着けそうだな」

桐也に手を引かれ、祭り会場から少し離れたところにある広場にやって来た。

ちょうどいい小さなベンチがあったので、そこに腰掛ける。広場の人通りはまばらで、確かに落ち着ける場所ではあるが、菫の心臓はさっきからずっと鳴りっぱなしで、どこであろうと落ち着けそうにはなかった。

「すっかり暗くなっちまったな」

そう言って、道中にシンやゴウの屋台で買った食べ物を袋から取り出す。

無論、組員たちのまえではつないだ手を離したが、また人混みに紛れると、桐也はさりげなく菫の手を握ってくれ、そのことが、なんだか無性にうれしかった。

「腹、減ってるよな。せっかくの礼が、屋台のもんで悪いが」

菫は、ふるふると首を振った。

緊張のあまり割りばしがうまく割れず、桐也が笑いながら自分のものと取り換えてくれる。そんなことで、また赤くなってしまった。

お好み焼きと焼きそば、どっちがいいかと聞かれて迷っていると、桐也は二人で分けようと言ってくれた。

最初に渡された焼きそばを口に入れる。口のなかに、香ばしいソースの香りと、かつお節の風味が広がった。緊張でずっと忘れていたが、お腹《なか》が減っていたことを思い出し、一気に食欲が湧く。

「すごく、おいしいです」

そう言うと、「そりゃあよかった」と言って、桐也が笑った。その笑顔を見て、また、胸がぎゅっとなってしまう。

「今日は楽しそうにしていて何よりだ」

「あ、す、すみません。お仕事なのに、はしゃいでしまって……」

「いや、そういうことじゃない。その、なんというか……いつもと違って、おまえの表情が、よく、変わるから……」

「？」

後半は小さな声になってしまい、よく聞き取れなかった。話の続きを待ったが、桐也がそれきり黙ってしまったので、しばらくの沈黙のあと、菫は口を開く。

「……はじめてのお祭りが、こんなに楽しいとは思いませんでした」

「はじめて、か。そう言っていたな。子どもの頃は、行かなかったのか？」

祭りにすら連れて行ってもらえなかった惨めな境遇を話すことで、桐也に呆《あき》れられてしまわないだろうか。菫はそう思い、少しだけためらったが、彼はそんな人ではないと思い直した。

「私は小さな頃から、母に嫌われていましたから……お祭りになど、連れて行ってもらえなかったんです。大きくなってからも、家事やアルバイトが忙しく、遊びに行く暇がありませんでした」

家族に祭りにすら連れて行ってもらえず、友達もいない。話しながら、やはり惨めな気持ちになってしまい、下を向く。

ふたりのあいだに、気まずい沈黙が流れた。

（いけない。せっかくの楽しい時間なのに、私のせいで空気が悪くなってしまう）

そう思った菫は、顔を上げて笑顔を作る。

「でも、いいんです。はじめてのお祭りが、こんなに楽しかったので」

すると桐也が言った。

「――俺も、同じだ」

「えっ？」

菫は驚いて顔を上げる。

「祭りに連れて行ってくれるような親じゃなかったからな。親父《おやじ》はお袋と俺を捨てて出て行った。そのお袋も、テメーの子どもより男が大切な女で、俺が十四のとき、男のところへ行っちまったよ」

桐也はまるで、なんてことのない日常会話のように淡々と昔話を語る。もともと不良だった桐也は、それから荒れに荒れていたところを、哲朗に拾われたのだそうだ。

「そう、だったんですね……」

　菫は箸を置く。

「──悪《わり》ぃ。変な話、しちまったな」

「いえ」

　首を振ると、桐也は静かに言った。

「俺たちは、似たもの同士なんだな」

　その言葉に、菫は「はい」とだけ頷《うなず》く。たったそれだけのやりとりだけれど、なぜかいつもより心が通じ合ったような気がして──目の奥が、ツンと痛んだ。

「桐也さんは、寂しくなかったですか？」

「寂しい……か……」

　桐也は何かを思い出しているように、空を仰ぎ見る。そして。

「もう、覚えてねえな」

　と、笑った。それはとても、切ない笑顔だった。

　母と姉に虐げられながら生きてきた自分と、十四歳で母に捨てられた桐也。それは比べることではない。どちらも悲しくて、どちらも不幸だ。

　だがしかし、たった十四歳でひとりぼっちになり、ヤクザという道を選ばざるを得なかった桐也のことを想《おも》って、菫の胸は締め付けられる。

ほんとうは、どんなに寂しかっただろう――。

「ずっと、ひとりで、頑張ってきたんですね」

どうしてそんなことをしてしまったのか、わからない。

ただ、顔も知らない、ひとりぼっちの子どもだった桐也のことを想ったら、自然と彼の頭を撫《な》でていた。

以前に彼が、してくれたときのように、そっと。

「っ……」

桐也の目が大きく見開かれ、ハッと我に返った。

「す、すみません！　私ったら、なんてことを……」

無礼を謝るため頭を下げようとした菫だが、桐也のやさしい眼差《まなざ》しと視線がぶつかって、動きを止める。

「――ありがとな」

「えっ？」

ふいに礼を言われて、驚いてしまう。桐也が真剣な表情でこちらを見ていた。

「ひとりで頑張ってきたのは、おまえも同じだ。いや、いまだって十分に頑張っている。

それなのに、俺みてえなやつを気遣ってくれるなんて——おまえはやさしいな。それに、強い。俺なんかより、よっぽど強いよ」

「桐也さん……」

その言葉を聞いた瞬間、胸がぎゅっと詰まった。いままで菫がしてきた苦労を、理不尽に虐げられ、耐えてきた過去を、すべてひっくるめて認められたようで。

「ありがとうございます」

目頭が熱くなり、あわや泣いてしまいそうになるのを取り繕うため、菫はにっこりと笑顔を作った。そのときだ。桐也がふいに、菫の頬に触れた。

「おまえを嫁にするやつは幸せだろうな」

ふっと、やさしい笑みを浮かべながら、親指でやさしく頬を撫でる。

「っ……」

菫は思わず息を呑《の》む。触れられたところが、熱を帯びたように熱かった。

(そ、それってどういう……)

言葉の意味を尋ねようとしたが、声にならない。

そのまま見つめ合っていると、桐也もハッとして、慌てたように顔をそらした。

「——食べるか。冷めちまう」

そしてなにごともなかったかのように、また、箸を取る。

（い、意味なんてないよね。そうだよね……）

菫は自分を納得させるように、心のなかで呟《つぶや》いた。けれど、心臓のドキドキは止まらない。

——どうしよう。

菫は思わず、両手で口元を押さえた。

（私、桐也さんのお嫁さんになれたらって、そう思っちゃった……）

とたん、夜空に花火の音が響く。

空に咲いた打ち上げ花火のように、菫の心に恋が花開いた瞬間だった。

＊＊＊

最後の大花火が上がり、夏祭りは大成功のうちに幕を閉じた。

そのあとは屋台の片付けが待っており、獅月組の面々はさっそく大仕事に取り掛かる。

しかし桐也は、菫と別れてからずっと上の空だった。

「そんで、射的の景品に今期の戦隊のフィギュアがあったからついやっちゃったんすよ！

五千円かけてようやくゲットっす！　って、兄貴！　聞いてます⁉」

マサに大声で呼ばれてようやくハッとする。

「あ、ああ……聞いてるよ」

そう答えたが、いつものようにその話は少しも耳に入っていなかった。さっきのことを思い出す。

（俺は、なんてことを言ってしまったんだ……）

菫は六つも年下だ。しかも、家政婦として自分のもとで働く身。つまり、従業員のようなものである。そんな彼女に、おまえを嫁にするやつは幸せだなんて、セクハラ発言もいいところだ。

実を言うと、彼女の今日の活躍ぶりは人づてに聞いたものではなく、桐也自身が目撃したものである。祭り会場の見回りをしていたとき、シンやゴウたちの屋台を手伝う彼女の姿を見た。

それで、料理の腕はさすがだとあらためて感心し、子どもと触れ合う彼女を見たときは、そのやさしい眼差しに心癒《いや》された。

白状すれば、その姿を見ての、あの発言である。

彼女と結婚する男は、きっと幸せだろうと、そう思ってしまった。

それを、心のなかにしまっておけばいいものを。

──ずっと、ひとりで、頑張ってきたんですね。

あのときの親父と同じことを言われ、頭を撫でられて、タガが外れてしまった。

「っ……」

思い出しても恥ずかしく、桐也は頭を抱える。そもそも薫子が、浴衣なんかを着せるからいけなかったのだ。

鳥居の前に現れた浴衣姿の彼女は、驚くほど可憐《かれん》で美しかった。

見惚《みと》れてしまったことを悟られぬよう、つい、大股で先を歩いてしまったのは、いま思い出しても大人げなく、恥ずかしい。

しかも、はじめて浴衣を着たのだという彼女に褒め言葉のひとつもかけてやれなかった。

顔を合わせるたびに、薫子から「あんたは本当に野暮ね」と皮肉を言われる桐也だが、悔しいけれどそのとおりだと、自分でも思う。

そのあともずっと、菫が喜んでくれるにはどうしたらいいかと考えていたが、彼女が欲しがったうさぎのぬいぐるみを取ってやるだけで精一杯だった。

それからの菫はずっと、まるで無邪気な幼い子どものようで──。

だからはぐれそうになったとき、思わずその手を取ってしまったのだ。

そのぬくもりを思い出すと、今でも体が熱くなる。

（いったい、どうしちまったんだよ……）

女のことで心をかき乱されるなんて、こんなことは、生まれてはじめてだった。

第五章　気づいた想い

「菫《すみれ》さん！　おかわりお願いしやす！」

茶碗《ちゃわん》を掲げたシンの声が広間に響く。

今日は定例の会議があって、組員たちは朝から集まっていた。それが終わり、長机の前に並んでいるのは和風の朝食。

「飯ぐらい自分でよそえ！」

上座から桐也《とうや》の声が飛んだ。シンは「すいやせん！」と肩をすくめる。

菫は微笑《ほほえ》みながら、シンの茶碗を受け取った。

「気にしないでください。これは私のお仕事なので」

そう言うと、シンは「菫さん……！」と目をうるませた。

「ったく……」

ため息をつきながらも、桐也もどこかうれしそうである。

組員たちに朝食をふるまうことを提案したのは菫だった。いつも会議のあとは、めいめいで菓子パンなどを買って食べていると聞いて、もし迷惑でなければあたたかい食事を用意したいと申し出たのだ。

作ったのは、長ネギとお揚げのお味噌汁《みそしる》とだし巻き玉子。それから鮭《さけ》の塩焼きに大根おろしと、炊き立ての白いご飯だ。お好みで、納豆もある。

会議中に腹を鳴らして怒られた者もいるほど、待ちに待った朝食を、組員たちはまるで育ち盛りの学生のように、がつがつとかき込んだ。

「菫さん！　めちゃくちゃおいしいっす！」

「こんなにまともな朝飯、俺、はじめてっすよ！」

満面の笑みで声を掛けられて、菫も自然と頰が緩んでしまう。

（子分さんたちとも、ちょっと仲良くなれたのかな……）

次々とおかわりを申し出る組員たちに、おひつのごはんをよそいながら、菫は、ふふっと小さく笑った。

夏祭りでの一件以来、桐也だけでなく組員たちとの距離も、ぐっと縮まったと感じる。

強面揃い《こわもてぞろ》の彼らだが、話してみれば皆気さくな者ばかり。そのうえ、一番年少で紅一点の菫を、何かと気にかけてくれることも多かった。

ただし、ひとりを除いては——。

「ふんっ。俺は朝飯作ってもらったくらいじゃあ、なびかねえからな！」

端っこの席から、わざと聞こえるように大声を出している、マサである。

マサは桐也のことを敬愛、いや崇拝している一番の弟分。だから家政婦といえど、住み込みで桐也の世話をしている菫のことが気に入らないらしかった。

「まぁ、一番ってのは自称なんすけどね！」

そのことを教えてくれたシンとゴウは、呆《あき》れたように笑っていた。

なんでもマサは、桐也に対して深い恩があるらしい。

どんなときでも一途《いちず》に桐也についていくマサと、そんな彼を「仕方がない奴だ」という顔をしながらも可愛《かわい》がっている桐也の姿を見れば、事情を知らない菫でも、ふたりが深い絆《きずな》で結ばれていることはよくわかる。

だからそれが自称であったとしても、桐也の一番の弟分である彼とも親しくなりたいと、そう思っているのだが——。

「ったく、地味な飯だよなぁ。仕方ねえから食ってやるけどよ」

なかなかうまくはいかない。

（マサさんのお口には合わなかったみたい……）

菫がしょんぼりしていると、肩にぽんと手が置かれた。

「あいつの言うことは気にするな」

「桐也さん！　いえ、お味がお気に召さなかったのは私の責任ですから。次の機会があれば、今度はもっと――」

「いや、そういうわけじゃねえよ」

ほら、と言われて、マサのほうを見る。すると言葉とは裏腹に、ごはんもおかずもすべて平らげてしまっていた。それどころか――。

「誰かさんの作った飯が少なかったから足りねえなぁ！」

と、口の端にごはん粒をつけてちらちらと気まずそうにこちらを見ているので、噴き出してしまった。

「私、おかわりを持っていきますね」

そう言って立ち上がろうとしたが、

「ほっとけ。自分でやらせろ」

と、桐也に制された。

「悪かったな。あいつは口の利き方ってもんを知らなくてよ」

菫は「いえ」と首を振る。

（桐也さん、わざわざそれだけを言いに……？）

ふと、彼の手に茶碗が持たれていることに気づく。視線に気づいた桐也が、ハッと顔を赤くした。

「おかわり、ですか？」

「あ、ああ……頼む」

菫は「はいっ」と微笑んだ。

ごはんをよそう菫に桐也が言う。

「そういえば、おまえの飯はねえのか？」

「あっ、私はあとからいただこうかと」

「一緒に食え」

「えっ？」

家政婦の自分が組員たちと食事をするのは遠慮したほうがいいだろうと、そう思っていた菫は驚いた。

「その……飯は大勢で食ったほうがうまい」

桐也は少し恥ずかしそうに、山盛りのごはんを受け取りながら言った。

「そうっすよ！　菫さんも一緒に食べましょう！」

それを聞いていたゴウが手を挙げて呼ぶ。菫は急いで自分のぶんを用意すると、促されて桐也の横に座った。もちろん、マサは文句を言っていたけれど。

「それじゃあ、あらためて……いただきます！」

菫が席に着くのを待って、シンがあらためて音頭をとった。それを合図に、組員たちはまた勢いよく食べ始める。菫も負けじと、大きく口を開けた。

「菫さん、また作ってくださいね！」

「俺、今度はカレーが食べたいっす！」

「おい、朝からカレーかよ！」

四方から組員たちの声が飛び、どっと笑い声が起きる。

「はい、それでは今度は朝カレーにしますね」

思わずガッツポーズをした組員を、桐也が「調子に乗るな！」と叱った。また、笑い声が起きる。

（本当だ。みんなで食べると、すごくおいしい……）

実家にいるときは、食事はひとりでとることが多かった。先に母と姉のぶんを準備して、菫は残り物を食べていたから。ごくたまに家族でテーブルを囲むことがあっても、味の文句や、悪口を言われながら食べる食事に、楽しみなど見出《みいだ》すことはできなかった。

菫にとって食事はただの義務のようなもの。だけど、今は違う。

桐也とふたりきりでする食事も、こうして大勢でする食事も、ちゃんと味がして、おいしいと感じることができた。

何よりも、自分が作った料理をうれしそうに食べてくれる姿を見るのがうれしい。

組員たちには、身寄りのないものが多い。組長であり、親父《おやじ》でもある哲朗《てつろう》は、そんな彼らをまるで本当の子どものように可愛がっているのだと、桐也から聞いていた。

そのせいなのか、獅月組《しづきぐみ》の雰囲気はどこか家族のようにあたたかい。

極道という組織のなかにいて、あたたかいと感じるなんて、おかしなことだとはわかっている。しかし彼らと同じく、家庭に恵まれなかった菫にとって、ここは心落ち着ける居場所となっていた。

(ずっと、この場所にいられたらどんなにいいだろう……)

横にいる桐也の顔を、そっと盗み見る。

恋心を自覚した菫だが、だからといってその日常が変化することはなかった。

彼の恋人になりたいなどと、そんなおこがましいことは思っていない。

年上で、見た目も美しくて、何よりヤクザの若頭である桐也と、自分なんかでは何もかも釣り合わない。

そもそも自分は借金のカタで売られ、彼の温情で家政婦として雇われている身だ。

借金を返し終わり、その目的を果たしてしまえば、お役御免である。

だからせめて、ここに居させてもらえるあいだだけは、桐也の、そして獅月組の役に立ちたい――。

「菫。今日は、ありがとうな」

桐也が微笑みながら、礼を言う。

「はい」

菫は頷《うなず》きながら、この笑顔を見られるためならなんでもしようと、そう思った。

＊＊＊

街の一等地にある高級タワーマンションの一室。

ここは龍桜会《りゅうおうかい》の若頭、美桜《みおう》の自宅兼オフィスだ。

大理石の床に、真っ白な調度品で統一された部屋で、美桜は不機嫌な顔をして頬杖《ほおづえ》をついている。

「各店の今月の売り上げをお持ちしました」

と、舎弟頭の清史《きよふみ》がファイルを渡した。そこには龍桜会が裏で経営しているクラブやキャバクラ、ホストクラブなどのリストがずらりと並んでいる。

美桜はそれをぱらぱらめくったあと、デスクに放り投げた。

「どこもサイアク」

清史がファイルを手に取る。

「虎桜《こざくら》様のお店は調子がいいようです」

「フン。当たり前だよ。妾《めかけ》の子なんだから、それくらい働いてもらわないとね。それより、あの女のことは調べたの？」

はい、と清史が頷く。美桜は目だけを動かして、手を出した。

渡されたファイルを、今度はじっくりと読み込む。

「雨宮《あめみや》菫、二十歳……はたちィ？　なんだよ、ガキじゃん」

美桜は眉間に深く皺《しわ》を寄せた。

獅月組主催の夏祭り。そこにはこの街にあるヤクザ組織すべてが協賛として金を出している。

かつて龍桜会が仕掛けた抗争は、哲朗の手によって手打ちとなった。以来、この街のヤクザたちは、互いのシマを侵さぬよう協定を結んでいる。ただし協定とはいっても、それは暗黙の了解だ。だから、祭りに金を出すことは、その約束を忘れていないという牽制《けんせい》の意味もあった。

（この僕が、直々に挨拶に行ってやったっていうのに……）

美桜はぎりぎりと唇を噛《か》む。あの日、金を持って桐也のもとを訪ねたが、事務所には不在だった。それで仕方なく、代理の者に金を預け、祭り会場をあとにしたのだが、まさかその際に、あんなものを見せつけられるなんて。

それは、このまえに会った女と手を繋《つな》いでいる桐也の姿だった。

その光景を思い出して、大きく舌打ちをした美桜は、ぺらぺらと乱暴にページをめくる。

「は？　同棲《どうせい》してんの？　もう完全に付き合ってんじゃん。あの女、家政婦だなんて見え透いた嘘《うそ》つきやがって」

「家政婦として雇われているのは本当のようです。借金のカタに、獅月組が買い取ったと」

「それなら風俗にでも沈めればいいだろ。どうして引き取ったんだ？　桐也はああいう地味な女が好みなのか？」

「……それはわかりませんが」

美桜は、フンと息を吐く。

あの桐也が、あんな女に鼻の下を伸ばしているのは許せなかったが、これは同時にチャンスであると、美桜は思った。

男の弱みを握りたければ、女を使うのが一番だ。女を思いどおりに操るのは容易《たやす》い。若頭の美桜が、その地位と金をちらつかせれば、すぐに言うなりだ。

そして男は、もっと容易い。好みの女と酒があれば、すぐに弱みを見せる。

この世界には、色を好むものが多い。実際、そういう手を使って敵勢力の情報を手に入れたことは幾度となくあった。

しかし、どんな美女を相手にしても、眉ひとつ動かさない男がいた。

それが、かつて金色《こんじき》の暴れ獅子《じし》と呼ばれた男、獅月組若頭の日鷹《ひだか》桐也である。

「まァ、そんな安い女に引っかかるようなやつじゃないってわかってるけどね――」

だからこそ、彼に特定の女が現れるのを待っていたのだ。

「ただ、ひとつ気になる点がありまして」

清史がそう言うと、美桜は「なんだ？」と眉を上げた。

「こちらです」

渡された資料を読みながら、美桜の表情が変わっていく。

「フーン……なるほどね。これは使えるかもしれないな」

そして怪しくニヤリと笑った。

＊＊＊

「ちょっと！　虎桜まだ戻って来ないの？」

ホストクラブ『PinkTiger』のきらびやかな店内に、蘭《らん》の甲高い声が響いた。

「あー虎桜さん、ちょっと呼ばれちゃって」

隣にいたヘルプのホストがそう答えると、長い睫毛《まつげ》の大きな目をキッと吊《つ》り上《あ》げる。

「呼ばれたって、私だってずっと呼んでるんだけど？」

「まぁ虎桜さん、ナンバーワンっすからね」

もうひとりのヘルプが、面倒くさそうな顔をして答えた。

ホストはより高い酒を頼んだ女の卓につくのが当然だろと、いわんばかりの顔である。

（わかってるわよ、そんなこと……）

蘭は細い眉を吊り上げながら、龍咲《りゅうざき》虎桜が座っている卓を睨《にら》みつけた。

虎桜は、いつもの不機嫌な表情で、気だるげに脚を組んでいる。ピンクに染められた髪に、ブランドのロゴが大きくプリントされたシャツに細身のパンツという、一見ホストらしくないオシャレな雰囲気が気に入っていた。

そんな彼の横にいるのは、真っ黒な髪をツインテールにして、ふりふりの黒いワンピースにピンクのブランドリュックを背負った女だ。

女はシャンパングラスを手に、馴《な》れ馴れしく虎桜の肩に顔をもたせかけている。

（あんな地雷女に負けるなんて許せない……）

あの女が高いシャンパンを入れたせいで、虎桜は蘭のもとから離れてしまったのだ。

ちらりとこちらを見た女が、勝ち誇ったように笑ったような気がして、蘭ははらわたが煮えくり返りそうになった。

（あれより高い酒を入れたら、虎桜は私のところに戻ってくる……）

ロゼ色のスパークリングワインを持つ手が、じわりと汗ばむ。

しかし財布の中身はもう空っぽだ。カードの限度額はいっぱいだし、ブラックリストに載っている蘭は、もう金を借りることもできない。

そんなふうだから、すでにこの店でも、かなりの額を売り掛けにしていた。その借金は、月末までに支払わなければならない。それに加えて、ブランドバッグやエステのローンも重なっている。

（やっぱり、あの子の稼ぎがなくなったのは痛いわ……）

蘭はぎりぎりと唇を嚙みながら、カンッと音を立てて細いグラスを置いた。

菫が獅月組に引き取られてから、稼ぎ手を失った雨宮家は困窮していた。

労働嫌いの母が働きに出るはずがなく、それは蘭も同じ。このままでは洋服や化粧品どころか、毎日の生活費もおぼつかない。

(そうだ。菫にお金を振り込んでもらえば……そうよ！　風俗で儲《もう》かってるはずなんだから、借金を返したってまだ余るはず)

妹の生活費がなくなろうと、そんなことは知ったことではない。自分と違って、ブスでなんの取り柄もないのだから、そのくらいして当然である。そもそもうちが貧乏になったのは、菫のせいなのだ。

(私はいずれ女優になるんだから。いつだって綺麗《きれい》にして、ちやほやされなくちゃいけないの。貧乏な暮らしなんてまっぴらよ)

蘭はホストからつがれた酒をぐっとあおった。

「おかわり」

そう言うと、ボトルを持ったホストの手が止まった。

「ちょっと！　おかわりって言ってるでしょ!?」

「すみません、ちょっと失礼します」

そう言って、二人ともが慌てたように立ち上がって入り口へと向かう。見れば、店内中のホストたちが整列して誰かを出迎えていた。

「いらっしゃいませ！」

深く礼をするホストたちを一瞥《いちべつ》もすることなく現れたのは、金髪に白いスーツを着た男。

背後には、左耳にリングのピアスをしたガタイのいい男が控えている。

（誰かしら。すっごいイケメン……）

面食いの蘭は、うっとりと見惚《みと》れる。

（どこの店のホストだろう。あの人だったら乗り換えてもいいかも……）

などと思いながら、虎桜の姿を振り返る。

しかし彼はいつの間にか卓におらず、ホストたちの列にもいなかった。

＊＊＊

店内の奥にあるＶＩＰ用の個室に入った美桜は大きく脚を組んでソファに腰掛けた。

下っ端のホストたちが、緊張したようにシャンパンとフルーツを運んでくる。舎弟の清史は、ボディガードとしてその入り口に仁王立ちをした。それを、いかにも邪魔だという顔をしてすり抜けながら、遅れて虎桜がやって来る。

「あんたが直接来るなんて、いったい何の用？」

美桜の隣に座った虎桜は、ピンク色に染められた短髪の毛先を弄びながら、ぶっきらぼうに尋ねる。

「用がなきゃ来ちゃいけないのかい？　半分とはいえ血を分けた兄弟なんだから、顔を見たくなるときだってあるだろ？」

美桜はそう言って、妖艶な笑みを浮かべた。虎桜は、わざとらしく大きな舌打ちをする。

美桜と虎桜は、腹違いの兄弟だ。

虎桜は、龍桜会の会長である龍咲桜路《おうじ》が愛人に産ませた子である。長兄である美桜に何かあったときの「保険」として、桜路が引き取ったのだ。そして現在は、若頭補佐のポジションにいる。

家父長制を厳格に定める極道において、桜路のあとを継ぐ者は、もちろん若頭の美桜だ。

しかし虎桜は野心家だった。そして美桜は、その野心からくる敵意を、敏感に嗅ぎ取っていた。

「店は好調のようだね」

シャンパンを飲みながら、美桜が言った。

虎桜はバーやクラブなどいくつかの店舗を経営しており、とくに自身がナンバーワンとして君臨するホストクラブ『Pink Tiger』は、この界隈《かいわい》でも一番の売り上げを誇っていた。

「当たり前だろ。俺が、ナンバーワンなんだ」

「ああ、そう。でも——その店を経営する金を出しているのは、うちだってことを忘れないようにしてくれないと困るなァ」

にっこりと笑いながら、美桜が言う。

「さっさと用件を言えよ」

しかし虎桜は嫌味に眉ひとつ動かすことなく、淡々と答えた。

「そうだね。僕も、こんな騒がしいところに長くいたくない」

美桜はそう言って、清史に指示を出す。すると一冊のファイルが渡された。

「この女を知らない？　雨宮蘭っていうんだ。ホスト狂いでね、今はこの店に来てるらしい」

テーブルに投げ置いた写真を手に取って一瞥すると、虎桜が言った。

「ああ、俺の客だよ」

美桜の顔色が変わる。

「承認欲求強めだしチヤホヤしたら従順になるかと思ったけど、我儘《わがまま》だし扱いにくいから切ろうと思ってたとこ。そろそろ掛けでパンクしそうだしね。マジ久しぶりにしくったわ」

虎桜は無表情のまま淡々と話しながら、シャンパンをひとくち飲んだ。

「で、この女がどうかしたの？　つか、いま店にいるけど」

へえ、と美桜の目が大きく見開かれた。

「フフッ。僕ってやっぱ、ついてるなァ」

「なんなんだよ。テメーの女か？」

「冗談。こんなケバい女、触るのもごめんだよ。それより、この女の売り掛けはいくらなんだい？」

虎桜がスマホに保存している、女たちの情報リストのメモ画面を見せる。その借金の額は、無職の彼女がいますぐに払えるような金額ではなかった。

「うん、ますますイイネ！」

「だから何が⁉」

虎桜が苛立《いらだ》ったように言う。しかし美桜はそれには答えず──。

「その女の落とし前、龍桜会が直々につけさせてもらうよ」

そう言って、まるで蛇のように真っ赤な舌を出すと、ぺろりと唇を舐《な》めた。

＊＊＊

飲んでいたスパークリングワインは、すっかり空になってしまった。

なかなか戻って来ない虎桜に腹を立てながら、蘭がスマホをいじっていると、隣に気配を感じたので顔を上げた。

「ちょっと！　遅いじゃない――」

名前を呼ぼうとして、相手が虎桜ではないことに気が付く。隣に座ったのは、さっき見かけた金髪の男だった。

「ごめんね。虎桜は外せない用があって。しばらく僕がお相手をしてもいいかな？」

「え、ええ。別にいいけど」

蘭はとっさに前髪を整えると、慌ててしなをつくる。

「ありがとう。僕の名前は美桜。よろしくね」

その美しい微笑に思わず見惚れながら、蘭も自己紹介をした。

「あなたのこと、さっき見たわ。ずいぶんと大げさなお出迎えだったけど――」

探るように上目遣いをする。キャスト総勢で出迎えられていたのだから、ただのホストではないはずだ。

経営者か、あるいはもっと上の立場にある権力者――蘭はそう見立てていた。

(だとしたらラッキーだわ。そんな人が隣に来るなんて)

化粧を直せなかったことが悔やまれるが、虎桜を待っているあいだにグロスだけはぴかぴかにしてある。美桜が答えないので、蘭はそのぽってりとした唇をゆっくりと引き上げながら、声を潜めて言った。

「もしかして、経営者さん?」

「まぁ、そんなところかな」

と、美桜が微笑《ほほえ》む。

やっぱり――!

まさか社長が自分の隣に座るなんて。しかも抜群のルックス。虎桜とはタイプが違うが、思わず誰もが振り返ってしまうような、とびっきりの美形だ。

その証拠に、ほかの女たちがちらちらとこちらを見ている。羨望の眼差《まなざ》しを浴びて、蘭の自尊心がぐんぐんと満たされていった。

もしかして、私、見初められたの――?

期待に胸を膨らませた。が、しかし。

「君、うちの店に借金があるんだってね」

美桜はにこにこと笑顔を崩さないままで言った。その言葉に、蘭は顔色を変える。

(なんだよ、そういうことかよ……)

心の中で大きく舌打ちをして、しなだれかからんばかりにくねらせた体を元に戻した。

蘭の掛けを回収できないと見た虎桜が経営者を差し向けた——おおかたそんなところだろう。

(金の切れ目が縁の切れ目ってわけね。はっ、どうせホストなんてそんなものよ)

蘭はわざとらしく手と脚を組み、強気の姿勢を取った。

「だからなんだっていうの？　支払日まで、まだ日にちはあるわ」

「そうだね。でもさ——」

まるで蘭に対抗するかのように、美桜はゆっくりと脚を組み替えたあと、首を傾《かし》げてにっこりと笑った。

「君、払えるの？」

ぐっと押し黙ったのは、彼の目つきが変わったからだ。

「そ、それは……」

言い訳を考える。美桜の目は細められているが、少しも笑っていなかった。

——どうして気づかなかったのだろう。

蘭は唇を噛《か》んだ。

彼の微笑はまるで彫刻のように美しいが、そこにはまるで感情が感じられない。美術品のように完璧すぎるがゆえ、かえって不気味なのだ。

普通の人間には、こんな笑い方はできない。

経営者だと言っているが、おそらく彼は堅気ではないだろう。

蘭は今更になって息を吞《の》む。すると、まるでそれが「あたり」だと言わんばかりに、美桜がフフッと笑い声を漏らした。

（どうしよう。もう逃げられないわ……）

これではまた、獅月組のときと同じ結末だ。

頭を下げれば許してもらえるだろうか。いや、そんなことでは収まらないだろう。

（またあの子を身代わりにするわけにはいかないし……）

菫はすでに借金のカタとして獅月組のもとで働いている。同じ手は使えないだろう。

（ああ、どうすればいいの……）

小さな頃からの癖で、親指の爪をガリガリと噛みながら、蘭が考えていると、美桜が思いがけないことを言った。

「その借金、僕が肩代わりしてあげようか？」

「ど、どうしてあなたが……」

いくら呑気《のんき》な蘭でも、そんな突拍子もない申し出を素直に受けることはできない。何かとんでもない裏があるに違いないと、そう思った。

警戒して上目遣いをすると、美桜は「そうだな……」と言って、さらりと蘭の髪を梳《す》いた。

「君がカワイイから。だから特別に助けてあげる」

「えっ」

蘭の顔が一気に熱くなる。

「ほ、本当!?」

蘭は長い睫毛《まつげ》をぱちぱちさせて、ぐっと顔を近づける。美桜はにっこりと頷《うなず》いた。

「その代わり、君に頼みたいことがあるんだ――」

と、耳元で囁《ささや》く。見返りにいったいどんなことを頼まれるのかとドキドキしたが、それは蘭にとってはなんでもないことだった。

むしろお安い御用だと、二つ返事で引き受ける。

「ありがとう。それじゃあ、よろしくね」

美桜はまた、不気味な笑顔を浮かべたが、借金がチャラになった蘭にはもう、そんなことは関係ない。

(私、かわいくてよかった!)

と、ただ呑気にそう思っていた。

＊＊＊

平穏な日々が、幾日か過ぎた。

菫はいつものように桐也を出迎えたあと、夕飯を食卓に並べる。

今日のメニューは、煮込みハンバーグだ。

ケチャップとバターで甘く炒《いた》めた玉ねぎ、そしてちょっぴり赤ワインを利かせたソースでじっくりことこと煮込み、柔らかくジューシーに仕上げた。

それと野菜たっぷりのコンソメスープをテーブルに並べて、席に着く。

「いただきます」

と、二人同時に手を合わせた。

真っ先にハンバーグを口にした桐也は、しばらく味わったあと。

「悪くない」

と言った。

（ふふっ、最近わかってきたんだ。桐也さんの『悪くない』は、おいしいってことなんだって――）

一見すると無表情に見えるが、桐也の口元が満足そうに緩んでいる。それを見た菫も、小さく笑みを浮かべながら、ハンバーグを口へと運んだ。

（うん、我ながらよくできたかも……）

最近は、自分の料理を自分で褒められるようになって、そのことが菫にはうれしかった。

（何もかも、桐也さんのおかげだ……）

上目遣いで、そっと彼を見る。

切れ長の目を覆う睫毛は意外にも長く、瞬《まばた》きをするたびに見惚《みと》れてしまう。

こんなにも凛々《りり》しく美しい桐也と、なんの取り柄もない自分が、ひとつ屋根の下に暮らしながらこうして食事を共にしているのが、あらためて不思議なことに感じられた。

（こういうのを、幸せっていうのかな……？）

桐也とふたりきりで過ごす食事の時間。

お互い交わす言葉は少なくとも、穏やかでゆったりとした空気が流れるこの毎日を、菫は特別に思っていた。

しかしそれを幸せと感じるようになればなるほど、同じくらい不安も膨らんでいく。

（でも、この時間はいつか終わってしまうんだ――）

菫が家政婦として雇われているのは、あくまで借金を返すため。その目的が果たされてしまえば、この関係もおしまいだ。

だから菫は、毎日のように自分に言い聞かせる。

分をわきまえなければいけない、と――。

長年母と姉に虐げられてきた菫は、自分には幸せになる権利がないと、そう思って生きてきた。

しかし桐也との穏やかな日々が、そんな菫の頑《かたく》なな心を、いとも簡単に溶かしてしまったのだ。そして、気づいた恋心。

もっと、ずっと、彼のそばにいたい。

それは菫に生まれてはじめて芽生えた、純粋な欲望だった。

彼の恋人にはなれない。でももし、家政婦としての仕事を認められて、必要としてもらえれば、借金を返したあとも引き続き雇ってもらえるのではないだろうか――。

ふと、そんなことが頭をよぎる。しかし、すぐに思い直した。

（勘違いしてはダメ……桐也さんがやさしくしてくれるのは、私が家政婦だから……）

そう、この生活は一時的なもの。

それに何よりも、菫は自分の人生に、期待をすることが怖かった。

おいしいごはんを作ったら、お母さんはやさしくしてくれるかもしれない。

いい成績をとったら、私のことも褒めてくれるかもしれない。

いつか、お母さんとお姉ちゃんと、三人で仲良くできる日がくるかもしれない。

幼い菫は、いつもそう願っていた。しかしその小さな希望は、一度たりとも叶《かな》えられることはなかった。

期待して落胆するくらいなら——。

（このままで、いいんだ）

桐也との限りあるこの時間を大切にしようと、決して悲観的にではなく、菫はそう思う。

想《おも》いを告げて拒絶されるくらいなら、ずっとこのままでいるほうがいい。

自分の身勝手な欲望は、そっと胸にしまったまま、役目を果たしたら潔く桐也のそばから去るんだ——。

そう決意したからこそ、いま彼といるこの時間を大切にしようと、そう思えた。

「今日のハンバーグは、また味が違うんだな」

そんなことを考えていると、桐也が言った。

「あっ、はい。隠し味に赤ワインを利かせたので、このまえ作ったデミグラスソースとは違って、少し大人の味わいです」

そうか、と短く返事をした桐也は、また黙々と食事に集中した。

ふたりとも口数は多くないため、しばらくのあいだ沈黙が流れる。

するとそこに、マナーモードの着信音が響いた。どうやら、エプロンのポケットに入れた菫のスマホが鳴っているようである。

食事中に出るのは失礼かと思い放置していたのだが、あまりに長くなるので「出ていいぞ」と桐也が気を遣ってくれた。

「すみません」

と言ってスマホを取り出した菫は、画面を見て息を呑んだ。

表示されていた名前は「雨宮蘭」――姉だった。

（お姉ちゃん……）

いったい何の用だろうか。

借金のカタに獅月組に売られた日に、家族からは捨てられたと思っていた。事実、それからは母も姉も、菫に何の連絡もよこさなかったから。

妹の身を案じることすらしなかった姉が、今ごろになって、どうして――。

なぜか、嫌な予感がして、スマホを握る手がじっとりと汗ばんだ。

「どうかしたのか？」

菫の異変を察知した桐也が、顔を覗《のぞ》き込む。すると同時に電話が切れ、かわりにメッセージアプリが小さく鳴った。

『明日の十五時にここに来て』

画面にはそう表示されていて、思わず肩が上がる。

こちらの予定を確認することもなく、まるで断ることなど許さないというような文面。

菫が自分の誘いを断るわけがないと、はなっからそう思っているのだろう。

居丈高な彼女の、甲高い声を思い出して、菫の体が小さく震える。

やはり様子がおかしいと、桐也に心配されてしまった菫は、慌てて取り繕った。

「大丈夫です。知らない番号でした」

そう言って、にっこりと笑う。

内心は怖くてたまらなかったが、ただでさえ毎日忙しくしている桐也に、いらぬ心配をかけたくなかった。

八月も終わりに近づいたが、まだまだうだるような暑さが続いている。今日は特に、じめじめとして不快な蒸し暑さだ。

姉との約束の時間が近づき、菫は憂鬱な気持ちになりながら、待ち合わせ場所のカフェへと向かった。

（また、お金を貸して欲しいって言われるのかな……それとも……）

姉はストレスが溜《た》まると、菫に悪口を浴びせてそれを解消していたから、捌《は》け口《ぐち》として菫を呼び出したのかもしれない。いずれにせよ、ろくな用事ではないはずで、彼女から連絡が来てからずっと、菫の体は重かった。

カラン、と店のドアを開ける。

ひんやりとした冷気が体を包み込み、少しだけ落ち着いた菫は、姉の姿を探した。

が、しかし、見つからない。店内を見渡していると、背後からドスの利いた声がした。

「――あんた、雨宮菫だな」

名前を呼ばれて振り返ると、いつの間にか、菫を取り囲むようにして、強面《こわもて》の男が三人、立っていた。

その顔に覚えはない。しかし男たちのほうは皆、菫を見てニヤニヤと不気味な笑いを浮かべている。

目の前にいる男の姿を見て、菫は息を呑《の》んだ。

男の両腕には、びっしりと鮮やかな入れ墨が入っている。男はまるでそれを見せつけるようにしながら、ぐっと菫に顔を近づけた。

「まぁ、答えなくてもいいよ。こっちはあんたの顔をわかってるからな。まぁ、とりあえず座ろうぜ」

入れ墨の男が、なかば強引に席へと連れていく。菫を奥に追いやって、逃げられないよう男たちが座った。

「あの、どちら様でしょうか？」

恐怖で喉がからからになりながらも、声を振り絞って尋ねる。

すると男は、待ってましたとばかりにニヤリと笑った。

「俺たちは龍桜会のもんだ」

——龍桜会！

その名前を聞いて、背筋が冷たくなる。

——どうして龍桜会が？

菫が家政婦であることを知って、何か内々の情報を探ろうと近づいてきたのだろうか。

いずれにせよ、ここで不用意なことをして桐也に迷惑をかけるわけにはいかない。

「それは失礼をいたしました。それで、龍桜会の方が、私にいったい何の御用でしょうか？」

毅然《きぜん》とした態度で答えると、入れ墨の男は「へえ」と感心したように片方の眉を上げた。

「あんた、度胸あるね。それに、写真よりいい顔してんじゃねえか」

「やめてください！」

男が菫の顔に触れようとしたので、思わず強く払いのけてしまった。

「おい、舐《な》めてんじゃねえぞ！　テメエ！」

男の怒号が響き渡り、周りの客たちがなにごとかとこちらを振り返った。

（ここで騒ぎを起こすわけにはいかない……）

「す、すみません。私に用があるなら、早く済ませてください」

そう言うと、男は再びニヤリと笑った。

「何、悪い話じゃねえよ。これからあんたのことは、うちが世話することになってな」

「どういうことですか!?」

菫は思わず大声を出した。

「あんた、売られたんだよ」

……売られた？

その言葉に、頭が真っ白になる。男は話を続けた。

「雨宮蘭——あんたの姉貴が、うちの店で借金を作ってな。それがどうしても払えないってんで、あんたを代わりに差し出したんだ」

「そ、そんな……」

あまりのことに絶句する。

借金を作って妹をヤクザに売った姉が、またも同じことをするなんて。

しかも、今度の相手は龍桜会だ。

(でも、そんなことができるの……？)

龍桜会は獅月組の敵対勢力で、表向きは互いのシマを侵さぬよう協定を結んでいると、桐也から聞いていた。

いくら家政婦といえど、菫はいま、桐也に世話をされている身だ。あえてその言い方をすれば、獅月組の所有物である。それを龍桜会が引き取ることなど、できるはずがない。

「わ、私は獅月組の家政婦です。ですから、組の許可なしにそれは呑めません。それに、獅月組と龍桜会は手打ちになっていると聞きました。いくら姉がそう言ったとはいえ、そんな取引はできないはずです……」

震える声を悟られぬよう答える。

「へえ、ただの素人じゃあねえようだな。まぁ、でも、そんなこたぁこっちだって承知の上なんだよ。だから……」

男は尻ポケットに手をやると、分厚い封筒を取り出した。

「テメーの意思でうちにくるんだ」

それを目の前にチラつかせながら、ニッと笑う。空いている隙間から、中身は札束だとわかった。

「あんたの借金は、これで買い取ってやる。獅月組も、金さえ返ってくりゃあ文句ねえだろ」

「……断ったら、どうなるのですか？」

震える声で尋ねると、男の声色が急に変わった。

「そしたらまぁ——力ずくで連れてくだけだよな」

キン、と金属が鳴る音がする。見ると、男の右手にはナイフが握られていた。

「安心しろ。顔に傷はつけねえよ。大事な商品だからな」

男の不気味な笑みを見て、背筋が冷たくなる。カタカタと体が小さく震え出した。

（ダメ……しっかりしないと……）

こんなときでも、考えるのは桐也のことだ。

いまの生活は、いっときの幸せであるとわかっていた。だからこそ、桐也と過ごす限りある日々は、菫にとってかけがえのないものだったのだ。

それが、こんな形で奪われてしまうなんて——。

これは、表の世界での話ではない。断れば、力ずくでも連れて行くというのは、ほんとうだろう。

もしそんなことになれば、獅月組の借金を踏み倒すことになってしまう。しかもそれが、龍桜会のしたことだとわかれば、抗争に発展してしまうかもしれない。

それに、悲しいけれど、男の言うことはもっともだ。獅月組にしてみれば、借金が返済されるのであれば問題はない。菫がいなくなったとしても、誰も、困らない。

菫は膝に置いた両手の拳を、ぎゅっと握り締めた。

「わかり、ました……」

「聞き分けがいいじゃねえか。なぁに。うちが家政婦なんかよりもっと稼げる仕事を紹介してやるよ」

男たちが、下卑た笑い声を上げる。

やはり自分は、母と姉の呪縛から永遠に逃れることはできないのだと、菫は絶望感に打ちひしがれた。

＊＊＊

「それではこちら、お包みいたしますねっ！」

馴染《なじ》みのブティックにやって来た桐也は「ああ、頼む」と、ぶっきらぼうに答えた。

哲朗に祭りの成功を報告に行き、「くれぐれも礼はしっかりしろ」と念を押された桐也は、祭りの手伝いをしてくれた『ClubM』のホステスたちにちょっとした贈り物を包むことにした。

もちろん手当は出しているし、礼も伝えている。しかし哲朗が言っているのは、きっとそういうことではないだろうと、さすがの桐也も理解した。

そんなわけで、今日は、いつもの店長に相談をするつもりでやってきたのだが、あいにく休みをとっており、はじめて見る若い女性店員がひとりで店を見ていた。

馴染みといっても、桐也がヤクザの若頭であると知っているのは店長だけ。

ただでさえ、女性と話すことが苦手な桐也である。若い娘に素性を悟られぬよう、その目的を果たすのは少々骨が折れたが、さすがあの店長が採用しただけあって、センスのよいスカーフを見繕ってくれ、満足のいく買い物ができた。

それを包んでくれているあいだ、あてもなく店内を見て回っていた桐也は、アクセサリーが並ぶショーケースの前でふと足を止めた。

そこにあったのは、美しい大粒のダイヤモンドがはまった指輪。

この店では、ジュエリーも扱っているので、それだけなら珍しくはない。しかしそのダイヤモンドが、薄紫色にきらりと光ったように見えたのだ。

「綺麗《きれい》なすみれ色でしょう」

そう言われて、ハッとした。

すみれ色と聞いて、とっさに彼女の顔が頭に浮かんでしまい、うろたえる。それを若い店員に悟られぬよう、桐也は平静を装って「ああ」と素っ気ない返事をした。

「バイオレットダイヤモンドというんです。紫を映したダイヤモンドは希少性が高いので、うちの店にも滅多に入荷はしません。しかも、ここまで美しい青紫色のものは、私もはじめて見ました」

店員はそう言って、にこりと笑った。

そうか、これはすみれの花の色——。

桐也は目を惹《ひ》かれた理由を理解する。そういえば、菫が祭りのときに着ていた浴衣も、この色だった。

あのときの彼女を思い出して、つい、顔がほころんでしまう。すると、桐也の表情が変化したことに、目ざとく気づいた店員が言った。

「彼女さんへのプレゼントですか？」

「かっ、かのじょ!?」

まさかそんなことを言われるとは思わず、大きな声が出てしまった。

「い、いや。違う。ただ、に、似合いそうだと思って——」

適当にあしらえばいいものを、しどろもどろになってしまった桐也は、つい馬鹿正直に答えてしまう。すると店員は「なるほど」という顔をして言った。

「好きな人なんですね！」

——好きな、人？

その言葉に面食らう。思わず店員の顔を見ると、屈託のない表情でにこにこと笑っていた。

さっきは恋人ではないと否定した桐也だが、今度は否定の言葉が出てこない。

それどころか、彼女の言葉はすとんと心に落ちて——。

「そう、なのか……？」

と、心の声を口に出してしまった。

「へ？」

まさか質問をされるとは思わない店員が、間の抜けた返事をする。

(何を言っているんだ俺は……)

桐也は真っ赤になってしまった。それを見た店員が、ふふっと笑う。

「宝石を見て、似合いそうだなって思い出したなら、それはきっと好きな人だって、私は思いますよ」

自分よりも年下であろう若い店員が、まるで子どもを諭すように言った。

桐也は再び、繊細な光を放つすみれ色の宝石に目をやる。

やわらかで、見ていると癒《いや》されてしまうような、やさしい色。

ふと、菫の笑顔を思い出して、その瞬間、いままで彼女に感じていた説明のつかない感情が、鮮やかに色づいた。

そうか、俺は、彼女のことが——。

「もしよければ、お手に取ってご覧になりますか？」

指輪をじっと見つめる桐也を見て、よかれと思い、店員が言う。桐也は慌てて、大丈夫だと断った。

きっと菫に似合うだろうと、そう思ったが、この指輪は明らかに婚約指輪だ。

しかし、ようやく自分の気持ちに気が付いた桐也は思った。

もし、彼女と結婚をしたら、自分の夢は叶うのだろうか――。

十四で死を覚悟したあのときに思った、たったひとつの夢。その夢が、菫となら、叶えられる気がした。

しかしそう思った刹那、桐也は、ふ、と自嘲の笑みを浮かべる。

(――ヤクザもんが、何言ってやがるんだ)

彼女はまだ若い。何よりも、堅気だ。六つも年上のヤクザに好かれたところで、迷惑に思うだけだろう。

すみれ色に輝く宝石は、美しく儚《はかな》くて――自分などが手を触れたら、きっと、たちまちに壊れてしまう。

菫が借金を返してしまえば、この関係は終わりだ。

でも、せめてそのあいだだけは、彼女のことを、一番近くで見ていたい。彼女がときおり見せる無垢《むく》な笑顔を、ひとときも見逃さぬように――。

日陰の存在である自分でも、それくらいは許されるだろうかと、桐也はそう思った。

＊＊＊

男たちの言葉に従って、菫は荷物をまとめ、桐也との住まいを出た。

荷物といっても、来たときと変わらず鞄《かばん》はひとつだけ。ただ、そのなかに、桐也に買ってもらったドレスと、うさぎのぬいぐるみが、思い出として入っていた。

最後に少しだけ時間をもらい、作ったのは彼の好物であるハンバーグ。あとは金の入った封筒を、別れの挨拶を書いた手紙とともに置いてきた。

もし直接話せば、事情を根掘り葉掘り聞かれてしまうだろうと、そう思ったから。それに、会ってしまえば決心が鈍ってしまう。

(これで、いいんだ……)

いずれは出て行く運命だった。それが、早まっただけのこと。

菫はそう言い聞かせ、男たちの用意した黒いワゴン車に乗り込んだ。

＊＊＊

夕飯の時刻に帰宅した桐也は、違和感に気づいて立ち止まった。

いつもなら玄関のドアを開けてすぐに出迎えてくれる菫の姿が、そこにない。

いや、それ以前に、人のいる気配が感じられなかった。

(買い物にでも出掛けているのか?)

夕飯の匂いはするので、きっと、そうだろう。そう思いながらリビングへと向かう。すると、テーブルの上にラップのかかったハンバーグが置いてあった。

そしてその横には、封筒と置手紙が。

「菫⁉」

いったい何があったのかと、桐也は飛び掛かる勢いで手紙を読む。そこにはこう書いてあった。

『借金をお返しする目処《めど》が立ちました。今までありがとうございました。ハンバーグはチンして食べてください』

慌てて封筒を確認すると、確かにそこには、きっちり残額分が入っていた。

「嘘《うそ》、だろ……」

どうして、突然に? いや、いつこんな日が来ても、おかしくはなかった。菫が家政婦としてこの家にいるのは、ただ、借金を返すためだけ。だから、その目処が立ちさえすれば、ここにいる意味などないのだから。

でも、どうして。やっと、彼女への想《おも》いに気づいたばかりなのに――。

桐也はよろめいて、テーブルに手をつく。机上に散らばった万札を見て、ふと思った。

（菫はこんな大金をどこで手に入れたんだ……？）

今まで渡している給料をすべて貯金していたとしても、この額には到底及ばない。

菫を含む雨宮家の面々に資産がないことは、取り立ての際に調べ済みだ。頼れる親戚や友人がいれば、そもそもこんなことにはならない。

それにもし、まっとうなやり方で得た金であるのなら、こんなふうに置手紙で済ませることはないはずだ。

ならば、いったい誰が――。

人はなんのメリットもなく、他人に金を与えたりしない。仮に、菫が大っぴらにできないルートでこの金を手に入れたのだとして、それをすることで得をした人間がいるはずだ。

ふと、龍桜会のことが頭に浮かぶ。

最近、獅月組の周りをウロチョロする妙な影があった。

調べると、それは龍桜会の下っ端。彼らがこうした偵察を入れるのはよくあることなので気に留めなかったのだが――。

（もしあいつらが、俺ではなく菫を監視していたのだとしたら……？）

龍桜会は常に、桐也の弱みとなるものを探している。そして菫が目を付けられた。

しかし借金のカタである菫は、いわば獅月組の持ち物だ。それを無理やりさらうようなことをすれば、意図的にアヤ――因縁をつけたとみなされ、抗争へと発展するだろう。

しかし、それこそが目的なのだとしたら――？

新興ヤクザの龍桜会にとって、力でものごとを行使できない今の状態は、もどかしいはずだ。もし再び、昔のような大抗争が起きれば、それに乗じてシマを拡大できる。

しかし龍桜会とて、馬鹿ではない。いくらこの街を掌握することが目的とはいえ、いま獅月組を相手にすることがどれだけ不利になるかということは、わかっているはずだ。

なぜならこれは龍桜会と獅月組だけの問題ではない。抗争が起これば、すぐに数多《あまた》の極道組織が動き出し、獅月組の側につくだろう。

しかしそのきっかけを作ったのが獅月組――桐也だとしたら？

それは獅月組の裏切りとみなされ、ほかの極道組織は龍桜会へとつくはずだ。

もし菫を桐也の弱みとして利用しようと考えているのであれば、目的は獅月組の外へ出て行かせること。

晴れて一般人となった菫をどうしようと、そのあとは龍桜会の勝手だからだ。

桐也は大きく舌打ちをすると、すぐにマサへ電話をした。

「マサか。情報を集めてくれ。今日、街で何か異変がなかったか。怪しい奴らを見かけなかったか。聞き込みも頼む！」

獅月組が地域貢献をしているのは、こうした有事のときのためでもある。街の住民は、桐也たちがヤクザだと知りながらも、何かあれば協力をしてくれるのだ。

返事はすぐに来た。近くの店で、怪しい男たちと黒いワゴン車を見かけたという情報だ。今度は別のルートを使って、そのナンバーを調べさせる。持ち主は、やはりあの下っ端の奴らだった。

（菫が危ない！）

桐也は迷うことなく、家を飛び出した。これで奴らのシマに乗り込めば、まんまと策略に乗ったことになる。しかしそんなことは構わなかった。

＊＊＊

男たちの車に乗り込んだ菫は、古びた雑居ビルにある一室に連れてこられた。

オフィス風の内装だが、まるで廃墟《はいきょ》のようである。床にはゴミが散乱し、埃《ほこり》っぽい匂いが充満していた。

「あの、ここは……」

てっきり組の事務所に連れて行かれると思った菫は、自分がいま置かれている状況が理解できず、尋ねようとした。そのときだった。

「きゃっ」

菫を囲むようにして立っていた男のうちのひとりに、腕を摑《つか》まれる。そのまま強引に、無造作に捨て置かれたデスクの上に押し倒された。

「なっ、何をするんですか!?」

悲痛な声を上げる菫を、黒い長袖のシャツを着た男は、ニヤニヤと見下ろした。

「い、痛いっ」

両腕を取り押さえられ、身動きが取れない。

「おっと、すまないな。つい、強引にしちまった。これからはやさしくしてやるから、安心しろよ」

男がそう言うと、脇で見ていたふたりが下卑た笑い声を出した。

「悪いが、俺らはただの仲介でな。龍桜会へ渡す前に、あんたのことは好きにしていいって言われてんだ。だから……楽しませてもらうぜ！」

菫は渾身《こんしん》の力を込めて、男を押し返した。

「おい、待て！」

油断していた男たちが、慌てて菫に手を伸ばす。逃げながら男に触られた感触が蘇《よみがえ》り、嫌悪感で体中に鳥肌が立った。

こんなときに思い出したのは、桐也と出会った日のことだ。

これから先に待ち受ける過酷な運命。その覚悟を問われ頷《うなず》いた菫に、桐也は呆《あき》れた顔をしながら、「わかってねえよ」と、そう言った。

ああ、私は本当に、何もわかっていなかった――。

菫は涙をこらえながら、そう思う。

あのときの自分は、何もかもがどうでもよかった。それは、自分の体でさえも。だからあんなふうに、簡単に頷くことができたのだ。

桐也が護《まも》ってくれたのは、体だけではない。

感情を押し殺し、死んだように生きてきた菫が、彼と一緒に過ごす日々を心地いいと思うようになった。生まれてはじめて、平穏な幸せを感じることができた。

そう、菫の心は、彼によって生かされたのだ。それなのに――。

「!? いやっ！」

またも姉の言いなりになって、自分の身を犠牲にしたのは、獅月組を、そして、桐也を護るためだ。

でも、それは間違っていた。

こんなことをして、桐也が喜ぶはずがない。

(逃げなくちゃ……！)

菫は、はじめて、大きな恐怖を感じた。

このまま桐也に会えなくなることが、想いを伝えぬままこの身を、心を傷つけてしまうことが、何よりも怖かった。

「助けてっ」

腹の底から、絞り出すように叫ぶ。体が震え、いまにも崩れ落ちそうになるのを必死でこらえながら、手を振り、足を動かした。

「おとなしくしろ！」

しかしあっという間に追いつかれ、男に肩を摑まれてしまった。そのまま、引きずるようにして床に押し倒される。

「くっ……離してっ」

抵抗したが、男の力に適《かな》うはずがない。今までの菫なら、ここで諦めていただろう。

しかし、今度こそ菫は、抗《あらが》いたかった。

思いどおりにならない人生を菫のせいにして、幼いころから虐げてきた母に。そして、ある意味では彼女も歪《ゆが》んだ愛情の犠牲者なのかもしれないが、実の妹である菫を馬鹿にして、身勝手な要求ばかりを繰り返してきた姉に。

そして、自分自身の弱い心に――。

自分を大切にしなければ、大切な人も護れない。

菫はようやく、そのことに気づいたのだ。

「私は……あなたたちの思い通りにはならないっ！」

声を張り上げると、男がひるんだ。その一瞬、菫はみぞおちに膝蹴りを食らわす。

「いってえええ！」

男は思わず手を離した。扉に向かって走る。

「待て！」

油断して見ていたふたりの男たちも追いかけてきたが、捕まるわけにはいかない。

菫は飛び込むようにして鉄扉のノブに手を掛けた。しかし、鍵が掛かっていてびくともしない。無駄だとわかりながら、何度も回そうとしたが、ガチャガチャと鈍い音が鳴るだけだ。

「おい、舐《な》めた真似《まね》してくれたなぁ!?」

さっき膝蹴りを食らわせた男が、菫を羽交い絞めにする。そして再び、床に押し倒した。

「いやっ、離してっ！　誰か！　誰か助けてっ」

三人がかりで押さえつけられた菫は、さすがにもう、動くことすらできない。助けを呼ぼうと必死で叫ぶ声が、虚しく響いた。

（もう一度会えたら、ちゃんと、想いを伝えたかった……）

ぎゅっと目を閉じた瞼《まぶた》の奥に、桐也の姿が浮かんだ。そのときだ。

ガン！　と音が聞こえた。

なにごとかと、男たちは顔を上げる。どうやら、誰かが扉を叩《たた》いているようだ。菫も目を開けて、扉のほうを見た。

扉はガンガンと何度も鳴り、しばらくして、バァンと物凄《ものすご》い音がした。倒れた扉の向こうにある姿を見て、菫は息を呑《の》む。

「菫！　大丈夫か!?」

「桐也さん！」

思わず、その名前を叫んだ。

どうして、桐也さんがここに？

願望が目の前に現れたことで、これは夢ではなかろうかと、涙が浮かぶ。

しかし、視界がにじんでも、その姿は消えなかった。

扉を蹴倒されたことに呆然《ぼうぜん》としていた男たちも、桐也の姿を見て我に返る。

「お、おまえ、獅月組の！　どうしてここが……」

「ああ？　んなこたどうでもいい。それよりてめえら」

男たちに押し倒されている菫の姿を見て、桐也の顔色が変わった。

「誰に手ぇ出してるかわかってんのか⁉」

空気を切り裂くように、鋭く威圧的な声。その目には激しい怒りの炎が宿っている。

その凄《すさ》まじい迫力は、男たちの全身を震え上がらせた。

桐也からの視線を感じて腕を見ると、さっき倒されたときにできた擦り傷に真っ赤な血がにじんでいた。着ていたワンピースもところどころ破れていて、スカートの部分は無残に引き裂かれている。

再び男たちへと視線を戻した桐也が叫んだ。

「てめえら全員、生きて帰れると思うなよ！」

「桐也さん！　ダメです！　この人たちは龍桜会の！　桐也さんが手を出せば、大変なことになります！」

叫んだが、遅かった。

桐也はあっと言う間に菫を押し倒していた男の胸倉を掴み、そのまま地面になぎ倒してしまう。そして菫を抱き起こした。

「すまない、おまえを傷つけてしまった……」

その手が、声が、震えている。彼の、こんなにも悲痛な表情を見るのは、はじめてだった。

「大丈夫です。大した怪我《けが》ではありません」

と、菫はしっかりした声で伝える。その言葉を聞いて、桐也は安心したようにほっと息を吐いた。

「あいつら、許さねえ……」

怒りに満ちた目をして立ち上がろうとする桐也を、菫は慌てて制した。

「手を出しちゃダメです！　私はもう、大丈夫ですから！　このまま逃げましょう」

「そういうわけにはいかねえ。俺はヤクザだ。大事な女をここまでされて、黙ってるわけにはいかねえんだよ」

「でも！」

食い下がろうとした菫は、ふと、その動きを止める。

──大事な、女？

しかしその意味を訊《き》く間もなく、強い力で抱き締められてしまった。

「あっ」

「悪い。おまえがこんなことになったのは、すべて俺のせいだ。ヤクザもんの俺なんかが、おまえを欲しいと、そう思ってしまった。だから、この落とし前は俺がつける。心配するな。組も、おまえのことも──俺が絶対に護ってやる」

「桐也さん……」

あたたかい胸に包まれながら、浮かんだ涙が、ぽろりと零《こぼ》れる。

「言い訳は、あとでさせてくれ」

桐也はそう言うと、菫を抱きかかえ、男たちから離れた場所へと運んだ。同時に、倒された男が頭を押さえながら起き上がる。

「おー痛《いて》ぇ……ったく、やってくれるじゃねえか、若頭さんよ。あんた、龍桜会を敵に回したらどんなことになるのかわかってんのか？　ああ⁉」

入れ墨の男が凄《すご》んだのを合図に、呆気《あっけ》に取られていたふたりの男たちもようやく我に返り、桐也を睨《にら》みつけた。

「菫」

名前を呼ばれて顔を上げると、桐也に手を取られた。そしてそのまま、そっと目隠しをされる。

「ここから先は目を瞑《つぶ》ってろ」

暗闇に覆われた菫の耳元で、桐也が囁《ささや》いた。立ち上がった気配とともに、彼の声だけが聞こえる。

「――わかってねえのは、てめえらのほうだよ」

桐也は口の端を上げて、ニヤリと不敵に笑った。静かな怒りの炎が、その瞳にゆらりと揺れる。

「俺は獅月組の若頭、日鷹桐也だ。てめえら全員、覚悟しやがれ！」

背中に背負った唐獅子《からじし》が吠《ほ》えるかのごとく凄まじい迫力に男たちが怯《ひる》む。その隙をついて、桐也は拳を振り上げた。

目隠しをしていた菫には、目の前で何が起きていたのかは、わからない。しかしそれは、たった数分の出来事だった。

「待たせたな」

声が聞こえて目を開けると、そこには来たときと同じまま乱れのない様子の桐也がいて、男たちは三人とも床に倒れ込んでいたのだった。

第六章　決別

「本当に、医者には行かなくていいのか？」

怪我を負った菫《すみれ》を自宅のベッドに寝かせて、一通りの顛末を聞き終えた桐也《とうや》は、まるでいまにも泣き出しそうなほど、悲痛な表情をしていた。

「大丈夫です。大した怪我ではありませんから」

桐也に心配をかけまいと、菫は体を起こす。実際、菫が負った傷は、打ち身と擦り傷がほとんどで、応急処置でなんとかなる程度のものだ。桐也が冷やしてくれたおかげで、痛みもだいぶ、引いてきた。

冷静になった頭で、さっきのことを思い出す。桐也は菫のことを大事な女だと言って、その腕に、強く抱き締めてくれた。

(桐也さんが、私のことを……？)

そんな奇跡が自分に起こることが信じられず、真意を訊くのをためらっていると、桐也がいきなり頭を下げた。

「っ……どうして、桐也さんが謝るんですか？」

「おそらくこれは、龍桜会《りゅうおうかい》が仕組んだものだ。おまえを傷つけて、俺が復讐《ふくしゅう》のために龍桜会へ乗り込むまでが計画だったんだろう。おまえの姉貴は利用されたんだ。あいつらなら、おまえをさらうことなんてわけない。それなのに、まどろっこしい手を使ったのは、うちを悪者にするためだ。金を払って手に入れたおまえを、どうするのも勝手だからな」

菫は頷《うなず》く。数々の不自然な点は、そう考えればすべて辻褄《つじつま》が合った。

「だが、そうなったのもすべて俺のせいだ。俺が、弱みを見せてしまったから――」

「弱み……？」

桐也は菫に向き直ると、その目をまっすぐに見据えて言った。

「――おまえのことを好きになってしまった」

その言葉に、息を呑む。

「伝えるつもりはなかった。おまえをこの世界に引き込んでしまうのが、怖かったんだ。だがこんなことになって、おまえを失うかもしれないと思ったとき、俺は、もっと怖くなった。我儘《わがまま》なのはわかっている。でも、それでも――俺はおまえが欲しい」

「桐也さん……」

「本当に悪かった」

口元を覆った両手が、喜びで震える。

──今度こそ、言わなくちゃ。

もしあの場所から無事に帰れたら、伝えようと思っていた、自分の気持ち。

菫は小さく息を吸い込んだあと、意を決して言った。

「私も、桐也さんが好きです！」

桐也の目が、驚いたように見開かれた。

「我儘なのは、私のほうです。私は、ただの家政婦なのに。借金を返すために、働かせてもらっている身なのに。桐也さんと一緒にごはんを食べて、コーヒーを飲んで、なんでもない話をして……この生活を、幸せだと思ってしまいました。そんな毎日が、ずっと続けばいいと、そう、願ってしまったんです」

「菫……！」

その言葉を聞いた桐也は、興奮と歓喜のまま菫を強く抱き締めた。

「本当にいいのか？　俺の女になるというのは、極道の女になるということだ。おまえは、それでも──」

耳元で彼の声が、不安げに震えていた。菫はその大きな背中に手を回し、しっかりとした声で答える。

「構いません。これからも、ずっとあなたと一緒にいたいから——」

「ありがとう、菫……」

菫を抱く桐也の腕に、ぎゅっと力がこもる。ふたりはようやく通じ合った心を確かめるように、しばらくのあいだそうしていた。

体を離したあとは照れくさく、桐也の顔を見ることができなかった菫は、つい、目をそらしてしまった。

「どうしてそっちを向くんだ？」

もっと顔を見せてくれというように、桐也が菫の頬に触れる。

「は、恥ずかしくて……」

菫が赤くなってそう言うと、桐也は、ふっとやさしく笑った。

「おまえは本当にかわいいな」

「っ……」

頭を撫《な》でられて、体温が一気に上がる。怪我は大したことがなくても、これでは熱が出てしまいそうだ。

「菫」

呼ばれて顔を上げると、桐也が真剣な表情をしていた。

「いきなりこんなことを言うのはおかしいと、自分でもわかっているが……俺と、正式に婚約をしてくれないか？」

「こ、婚約!?」

たったいま気持ちを確かめ合ったばかりで、交際すらはじまっていない状況で、そんなことを言われた菫は驚いた。

「それは、あの、結婚を前提に、という意味でしょうか？」

桐也は「ああ」と頷いた。

「今回のことで、俺は龍桜会とケジメをつける必要がある。下っ端とはいえ、組員を三人もやられたんだ。向こうも黙ってはいないだろう。しかし俺の婚約者を襲ったとなれば、話は別だ。身内に手を出すのは、それなりの覚悟があってのことだからな。大切な約束ごとを切り札に使ってすまないが、俺には、組を護《まも》る義務がある」

「構いません」

菫は迷わず、はっきりと言い切った。

「決めたんです。私は獅月組《しづきぐみ》を背負《しょ》って立つ桐也さんの女になると。だから――」

この気持ちは、あの祭りの夜にそう思ったときから、ずっと変わっていない。

菫は胸に手を当てて、ふっと笑みを浮かべる。そして、決意するように小さく頷いてから顔を上げた。

「こちらからもお願いします。私を桐也さんのお嫁さんにしてください」

「っ……」

そう言うと、今度は桐也が、菫から目をそらしてしまった。

「あ、ああ。よろしく、頼む。それから……」

「それから？」

「……その笑顔、ほかで見せんなよ」

「えっ？　は、はい！」

よもや、それが独占欲からくる言葉だとは思わない菫は、若頭の婚約者としての心構えを言われているのだと思い、きりりと返事をしたのだった。

＊＊＊

獅月組屋敷《やしき》の広間で、桐也は美桜《みおう》と対面していた。

桐也の隣には、菫。今日は、出会った頃に買ってもらったグレイのワンピースを着ている。

「ねぇ、なんでこの女もいるの？」

美桜が不服そうに眉根を寄せた。

「菫は今回の件の被害者だ。落とし前をつけるのに、同席する義務がある」

「ハァ？　こっちは若いのを三人もダメにされたんだよ？　落とし前をつけるのは、そっちのほうだと思うけど？　たかが愛人ひとりじゃ、釣り合わないよ」

美桜はニッと笑いあぐらをかくと、桜の柄の扇子を取り出してあおいだ。

「――菫は俺の婚約者だ」

桐也が静かにそう言うと、美桜はぴたりと、扇子をあおぐ手を止める。

「なんだって？」

美桜の、目の色が変わった。

極道の世界は、家族のつながりを重んじる。若頭の婚約者ということは、次期組長の妻の座につく女ということだ。その菫に手を出したとあっては、さすがの美桜も難しい立場になることは必須である。

しかし美桜はすぐさま、元の笑みを戻した。

「へえ、そりゃあめでたいね。金色《こんじき》の暴れ獅子《じし》と呼ばれたあんたが、まさか結婚するなんてさ。それはすごく――おもしろくない冗談だ」

彼の妖艶な目が、きっと吊《つ》り上《あ》がる。

「冗談じゃねえ。菫はいずれ、俺の妻になる女だ」

「あっそ。で？　だから何？　これはあいつらが勝手にしたことだ。僕には関係ないよ」

「しらばっくれんじゃねえ！　裏で絵描いてんのはてめえだろ!?」

桐也は声を張り上げた。

ここまでのことを、下っ端ごときが実行するとは思えない。裏で動いていたのは、若頭の美桜だと、桐也はそう睨《にら》んでいた。

「――さぁ、なんのこと？」

しかし美桜は、不敵に、ふふっと笑う。

白を切るつもりなのだ。おそらく本来であれば、菫を傷つけた事実を桐也につきつけ、怒りのまま龍桜会に乗り込ませる予定だった。しかしそれが叶《かな》わなかったいま、美桜がその事実を認めるはずがない。下っ端が勝手にやったことだと、いくらでも言い逃れができる。

桐也のほうも、ことを大きくするつもりはなかった。未然に防ぐことができたとはいえ、菫を危険にさらし怪我《けが》をさせたことは不甲斐《ふがい》なく、もちろん怒りも収まっていない。

しかし美桜の言うとおり、龍桜会の組員を負傷させたことの落とし前は、つけなければならない。

「金は返す。これでこの件は仕舞いだ」

桐也は懐から封筒を取り出して放り投げた。

今回、美桜がしたことはあえて問わない。実行犯である若い衆に制裁を加えたことで、この件は手打ちだと、そういう意味合いだ。

しかし美桜は、納得いかないといったふうに眉をしかめた。

「女と組を護るため、か――つまらない男になったね、桐也」

ため息を吐く。

「そうだ」

と、美桜は膝を立てた。そして折り畳んだ扇子で、菫のほうを指す。

「あんた桐也と婚約したんだよね？　極道の女になったんならさ、あんたがケジメつけなよ。そうだ、それがいい」

美桜はまるでいい余興を思いついたとでもいうように笑いながら言った。

「桐也さん……」

「あいつの言うことは気にしなくていい。おまえのことは俺が護る」

桐也はそう言ったが、菫は考えた。美桜の言うことも、一理ある。それに菫は固く心に決めたのだ。極道の女として、どこまでも桐也についていくと。

だから、これからは、手放しで彼に護ってもらうだけの存在ではいけないと、そう思った。

「――いえ、私にケジメをつけさせてください」

「菫！」

驚いた桐也だが、彼女の真剣な目を見て思い直した。

「わかった。おまえを信じる」

菫は、「はい」と言って美桜に向き直った。

そうこなくちゃ、と美桜はニヤリと笑う。

菫はこの世界の道理もわからない素人だ。だから、自身を傷つけられたことの復讐《ふくしゅう》として、龍桜会との抗争を望むであろうと、美桜はそう思っていた。

しょせん女など、すぐに感情的になる生き物。

そういう彼の嘲りの気持ちが、そう目論《もくろ》ませたのだが――。

菫は、彼の思い通りに動く駒ではなかった。

「――今回の件は、ケジメとしてお互いに頭を下げて謝ってください」

美桜が「は？」と、驚いたように顔を上げる。

「な、なにを言ってるんだ。謝る？　極道がメンツ潰されて、ごめんなさいじゃ済まないだろう⁉　これだから素人は」

立ち上がった美桜を、桐也が制した。

「その素人にケジメつけろって言ったのはてめえだろ」

「そ、それは……」

「極道の道理を持ち出すんなら、二言はねえ。よって、これで手打ちだ」

桐也は美桜の前に歩み寄ると、正座をして頭を深く下げた。

獅月組の若頭に土下座をされては、さすがの美桜とて、このまま立っているわけにはいかない。

「くっ……」

悔しそうに唇を噛《か》みながら、膝を折り、桐也と同じ形を取った。しかしすぐに顔を上げ扇子を投げつける。

「不愉快だ！　この僕に土下座をさせるなんて！」

菫をキッと、睨みつける。しかし菫はもう、動揺することはなかった。

獅月組・若頭の女として、みっともない姿を見せるわけにはいかないと、美桜から目をそらさず見返す。

数々の苦悩と困難を乗り越えてきた菫の目は、美桜もひるむほどの凄《すご》みがあった。

「チッ……清史《きよふみ》！　帰るぞ！」

障子の前に控えていた舎弟の名前を呼び、美桜は広間を出て行く。

その姿が見えなくなってからようやく、菫ははっと、息を吐いた。

「この俺に頭を下げさせるなんて、相変わらずいい度胸だな」

「す、すみませんでした！」

「怒っちゃいねえよ。ったく、おまえには敵《かな》わねえ」

桐也はそう言うと、そっと菫の頭に手を置いた。そしてそのまま、その身を引き寄せる。

「ありがとな。組を護ってくれて。おまえはもう、立派な獅月組の一員だ――」

「桐也さん……」

菫は彼の温《ぬく》もりを感じながら、目を閉じた。不思議だ。こうしていると、何も怖くない。

しばらくして体を離した桐也が、菫、と名前を呼んだ。

「龍桜会のことは、もう心配ねえ。これからもあいつがちょっかいを出してくるだろうが、絶対に俺が護ってやる。ただ、おまえにはもうひとつ、ケジメをつけないといけねえ奴らがいるな」

菫は、ハッと目を見開いた。

「……はい」

桐也は少しためらってから、話を続ける。

「おまえを龍桜会に売った母親と姉貴だ。俺は、おまえのことを二度も裏切ったあいつらを許せねえ。人間の風上にもおけねえ、腐ったクズ野郎だ。でも、そんなやつらでも、おまえにとっては血を分けた家族だ――」

ああ、この人はやさしい人だ――と、菫は思う。

これから堅気ではなくなる菫が、たった二人しかいない肉親までも失ってしまうことを、心配しているのだろう。

でも、もう決めたのだ。

菫は、大きく首を横に振った。

「いえ。あの人たちは、もう家族でもなんでもありません」

その目には、強い意思が宿っていた。

＊＊＊

蘭《らん》と志保《しほ》は、獅月組の屋敷にやって来ていた。

チャイムを鳴らし、そこで待つように言われたが、声の主はいっこうに出てこない。

「ちょっと！　いつまで待たせるのよ！」

イライラと爪を嚙みながら、蘭は金切り声で叫ぶ。ここは組事務所の前だと、さすがに志保も彼女をなだめた。

「菫のやつ、許さないから……」

蘭は焦っていた。

菫を龍桜会に引き渡し、『PinkTiger』への借金はチャラになったはずであったのに。

意気揚々と店に行くと、入るなりケツ持ちの男たちに囲まれて、月末が期限の掛けが支払われていないと詰められた。

慌てて事情を説明したが、そんな事実はないという。店のオーナーであり、この話を持ってきた張本人である美桜に会わせろと言ったが、「おまえなんかが簡単に会える人じゃない」と、怒鳴られる始末。

挙句の果てに、明日までに全額を払わなければ、どうなるかわからないという脅しと共に、追い返されてしまったのだ。

菫を引き渡した仲介者の男たちとも連絡がつかず、蘭はどうすることもできなくなってしまった。

考えられることはひとつだけ。菫が、裏切ったということだ。いったいどうやって、あの屈強な男たちのもとから逃げ出したのだろう。それはわからないが、とにかく怒り心頭に発し連絡をしてみれば、なんと獅月組の屋敷《やしき》にいるという。

借金はどうなったのかと詰め寄ったが、電話口では教えてくれず、すべては直接会って話したいと言うばかりだ。

「菫のくせに、私に指図するなんて……」

「まぁ、いいじゃないの。獅月組も龍桜会も、どっちだって同じだわ。とにかくあの子が稼いだお金を、すべてこっちに回してもらえば話は同じよ」

母にそう言われて、ようやく気持ちが落ち着いてくる。

――そうだ。いまはとにかく、金を手に入れることが先決。

ガチャリ、と鍵の開く音がしてふたりは顔を上げた。ゆっくりと門が開く。

菫の顔を見たら、まずは一言文句を言ってやろうと意気込んだ蘭は、現れた彼女の姿を見て言葉を失った。

そこにいたのは、和服姿の凛《りん》とした美女。

しかしそれは紛れもない、妹の菫だった。

薄紫色の着物は見るからに上等で、髪は漆のかんざしで上品に結い上げられている。何よりも、その姿は気品と誇りに満《み》ち溢《あふ》れていた。

実家にいるときの、みすぼらしくおどおどとした菫とは、まるで別人。驚きのあまり、志保も金魚のように口をぱくぱくとしている。

「ちょっと！　その高そうな着物どうしたのよ!?」

菫が高価なものを身に着けることが気に入らないとばかりに、開口一番でそんなことを言う姉を、いかにも彼女らしいと思いながら、菫は答える。

「桐也さんにいただきました」

すみれ柄《がら》の着物は、今日のために桐也があつらえてくれたものだ。着付けとヘアメイクは、薫子《かおるこ》がしてくれた。

「桐也って、あの若頭の？　は？　どうしてヤクザのあいつがあんたに着物なんか！」

蘭は、ハッとして菫に詰め寄る。

「わかったわ！　あんた、家政婦だなんて嘘《うそ》ついて、本当はあの男の愛人になったのね！　そうでしょう!?」

「桐也さんを侮辱しないでください！」

菫は威厳に満ちた声色で、ぴしゃりと蘭をはねつける。

「なっ、なんなのよ！　菫のくせに生意気よ！　お母さんも、なんとか言って！」

「菫、いまの状況を説明してちょうだい。お姉ちゃん、困ってるのよ」

「そうよ！　あんたが龍桜会から逃げたりなんかしたから、借金が払えないわ！　いままで稼いできたお金があるでしょう。それをよこしなさい！」

自分勝手な主張を一方的にがなり立てる姉を、菫は冷めた気持ちで見つめていた。そして、その横で彼女の暴論を止めることもなく、頷《うなず》くだけの母にも、もう、なんの感情も湧かない。

「菫――私たち、家族でしょう」

母が満を持したように言ったその言葉に、菫はキッと顔を上げた。

「だからお母さんの言うことを聞いて。うちにお金を入れてちょうだい。お母さん、菫だけが頼りなのよ」

今度は菫を説き伏せようというのか、母はにっこりと笑ってそう言ったが、その笑顔は、禍々《まがまが》しいものにしか見えない。

こんな白々しい言葉に騙《だま》されると思われているのかと、怒りが込み上げてきた。

「あなたたちとは、もう家族じゃありません」

きっぱりと、そう言った。

まさか菫が反抗するとは思わなかったのだろう。母は目を丸くする。しかし驚きはすぐに怒りに変わり、声を張り上げた。

「誰に向かって口答えしてるの！　あんたのせいで私たちはこんな生活になったのよ！」

「私のせいじゃありません！」

「このっ」

菫の言葉に逆上した志保が、手を上げようとした、そのときだ。

ぱしっ――。

振り上げた腕を、大きな影が掴《つか》む。

「――おい、誰に手ぇ出そうとしてんだ」

志保が顔を上げると、そこにいたのは獅月組の若頭、日鷹《ひだか》桐也だった。

「何よ！　自分の娘に何しようと勝手でしょう！」

「娘？　こいつはてめえなんぞ家族じゃねえと、そう言っていたがな」

「あんたこそ関係ないでしょっ！」

蘭も「そうよ！」と加勢する。桐也は手を離し、ゆっくりと菫のそばに歩み寄った。

「菫は俺の妻になる女だ。家族に手を出すやつは、許さねえ」

妻!?　と、ふたりの声が揃《そろ》った。

「どういうことなの、菫!?」

目を白黒させて、蘭が言う。志保は、言葉を失っていた。

「私たち、婚約したんです」

「そういうことだ。つまりこいつは――いずれ獅月組の姉御分になる」

「そ、そんな……菫が結婚なんて……」

信じられないといったように、蘭が声を震わせる。

「わかったらさっさと失《う》せろ。これ以上、こいつに近づいたら――獅月組が黙っちゃいないぜ」

ザッと、複数の足音がする。

すると蘭と志保は、いつの間にか大勢の組員たちに囲まれていた。

シンやゴウをはじめ、強面《こわもて》の黒服たちが鋭い目つきで睨《にら》みつける。あのマサも、渋々といった様子ではあるが、その輪に加わっている。

「テメーら！　菫さんに手ぇ出したら、ただじゃおかねえぞ！」

シンが声を張り上げ、ふたりは「ひっ」と悲鳴を上げた。

さすがに勝ち目はないとみたのだろう。志保は、「帰るわよ」と言って、顔を真っ赤にしながらぎりぎりと爪を噛《か》む蘭の肩に手を置いた。

「あんたが幸せになるなんて許さない……絶対許さないから……」

蘭は何やらぶつぶつと呟《つぶや》いているが、その声はもう菫には届かない。そして、ふたりは逃げるように去って行った。

おそらくこれが今生の別れになるだろう。しかし、哀《かな》しみはない。

「本当に、これでよかったのか？」

桐也が静かに尋ねる。

「はい。私の家族は、桐也さんだけですから」

菫は晴れ晴れとした顔で、にっこりと笑った。

最終章　すみれ色の約束

桐也《とうや》と婚約し、極道の妻になることを決意した菫《すみれ》は、さっそく戸惑っていた。

「――どこへ行くんだ？」

朝、ベッドから起き上がろうとした菫の腕を、桐也が掴んだ。

「あの、朝食を作ろうと」

菫がそう言うと、桐也は寝ぼけ眼で枕元のスマホを手に取り、時間を確認した。

「まだ、いいだろ」

「でも――あっ」

腕を引っ張られて、布団のなかに引き戻されてしまう。彼の大きな胸にぎゅっと抱かれ、全身が熱くなった。

「今日は久しぶりの休日だ。もっとゆっくりしろ。それにもう、おまえは家政婦じゃない」

「は、はい……」

菫は顔を真っ赤にしながら、上ずる声で答える。桐也は満足したように、菫を抱いたまま小さく寝息を立てた。

ドキドキしながら、その無防備な寝顔を、上目遣いで盗み見る。

（まさか、桐也さんがこんなふうになるなんて……）

菫を大いに戸惑わせているもの、それは、雇用主から婚約者となった桐也が見せる新たな一面だ。

独占欲、とでもいうのだろうか。

あんなことがあったあとであるし、極道という危険な世界に身を置くことになった菫を心配しているのだろうが、仕事中はこまめに連絡があり、しょっちゅう無事を確認される。

家にいるときや休日は、文字どおりずっと一緒にいた。

ソファで映画を観《み》たり、買い物に行ったり、彼の淹《い》れたおいしいコーヒーを飲んだり。

そしてそれは心配だからではなく、桐也自身が菫と一緒にいたいからなのだろうと、おこがましくもそう思っている。

もちろん、菫も同じ気持ちだから、嫌ではない。

ただ、その最中に、桐也がふと菫の髪を梳《す》いたり、頬にそっと触れたり、ときにはさっきのように、ぎゅっと抱き締めたりするのには、まいってしまうけれど。

菫は、ふっと笑い、桐也の胸に顔をうずめる。恥ずかしがりながらも着てくれた、揃いのパジャマからは、洗い立ての洗濯の香りと、彼の匂いがした。

(桐也さんは、お日様の匂いがする……)

とろとろと心地よい眠気がやってきて、菫は目を閉じた。

どのくらい、眠ってしまったのだろうか。

甘く香ばしい匂いがして目を覚ますと、横に桐也はいなかった。

慌てて飛び起きた菫は、急いで着替えを済ませ、身だしなみを整えると、リビングへと向かう。

するとテーブルには、フレンチトーストとベーコンエッグ、野菜サラダが並んでいた。

「起きたか」

淹れたてのコーヒーを注ぎながら、桐也が言った。

「す、すみません！　私、寝坊をしてしまいました……」

「気にするな。引き留めたのは俺だからな。それに、俺だって朝飯くらいは作れる」

まぁ、ちょっと失敗したがな……と、恥ずかしそうに濁しながら、カップを置いた。

見ると、桐也のほうに置かれたフレンチトーストは、真っ黒に焦げていた。

ふふっ、と思わず笑みがこぼれる。

席に座り、「いただきます」と手を合わせると、皿のかたわらに、小さな白い箱が置いてあることに気づいた。かわいらしい、ブルーのリボンがかかっている。

「これはなんですか？」

手に取り桐也のほうへ顔を向けると、目をそらされてしまった。

「おまえに、か、買ってきた」

珍しく、歯切れの悪い口ぶり。そして、その顔がみるみるうちに赤くなる。

（わ、私に……？）

「開けてもいいですか？」

彼が頷くのを待って、リボンをほどいた。小箱に入っていたのは、リボンと同じ色をしたベルベットのアクセサリーケース。

ドキドキしながら蓋を開ける。

すると現れたのはなんと、大粒のダイヤがはまった指輪だった。

「………………！」

言葉を失ってしまった菫は、まるで金魚のように口をぱくぱくしながら、桐也の顔と指輪を交互に見た。

「あ、あの、こ、これは」

「こ、婚約指輪だ。その、買ってやっていなかったから……」

「婚約指輪……」

あまりのことに、その言葉を繰り返すことしかできない菫は、震える手でケースを持ったまま固まってしまう。

「き、気に入らなかったか？」

と、桐也が不安げな顔をしたので、慌ててふるふると首を横に振った。

「とんでもないです！　すごく、すごく素敵です。私にはもったいないくらい——」

言いかけて、菫はそのダイヤが、ただのダイヤではないことに気づいた。

「これ、色がついているんですか？」

光を反射したダイヤが、薄い紫色に煌《きら》めいていた。

「ああ、すみれ色をしたダイヤモンドだ。気高く美しい、おまえの色だよ」

「桐也さん……！」

菫は感激のあまり、息を呑《の》む。

「ありがとうございます。私……」

知らず知らずのうちに、涙が流れていた。それを見た桐也は、「何も泣くことはねえだろ」と言って、菫のそばに来た。

「すみません。うれしくて……」

「ったく……こんなことで、バカだな。おまえは……」

桐也は、ふっと笑いながら、親指で涙をぬぐった。そして菫からケースを受け取り、指輪を手に取ると跪《ひざまず》く。

「手ぇ、出せ」

菫が左手を差し出すと、その薬指に指輪はぴったりとはまった。煌めくすみれ色を見て、また涙が浮かんでしまう。

「桐也さん。私、ずっと聞きたかったことがあるんです」

「なんだ？」

「どうしてあのとき、私を助けてくれたんですか？」

それは、菫がずっと疑問に思っていたことだった。母と姉に見捨てられた自分を、家政婦として雇ってくれた桐也のおかげで、菫は体を売らずに済んだ。そのうえ、仕事という生きがいと、平穏な生活まで手に入れることができ、菫の運命は大きく変わったのだ。

桐也は、少し考えてから言った。

「そうだな……強いて言うなら——おまえが、俺と同じ目をしていたからだ」

「同じ、目……？」

「ああ。はじめて会ったときから、おまえの目が心に焼き付いて離れなかった。親に捨てられたあの頃の、俺の目にそっくりでな。おまえを助けたのは、その目がこれ以上、哀しみの色に染まるのを見ていられなかったからだ。こんな世界に染まらず、普通の幸せを手に入れて欲しいと、そう思った。だが一緒に過ごすうち――おまえを幸せにするのが俺でありたいと、そう思っちまったんだ」

いままでのことを思い出しているのか、桐也はゆっくりとした口調で語った。はじめて聞く彼の想《おも》いに、菫の胸が締め付けられるように、ぎゅっとなる。

「やはり俺は、我儘《わがまま》だな」

ふっと、桐也が自嘲気味に笑う。

「そんなことありません！　私はあのときからずっと、桐也さんに救われています。あなたは私に――普通の幸せを、教えてくれたんです」

菫はそっと、薬指にはまった指輪に触れた。すると桐也が、包み込むようにして、その手を取る。

「ずっと救われているのは、俺のほうだよ」

「桐也さん……」

「なぁ、菫。俺は今までの恩があるから、この仕事から離れられねぇ。極道の妻になるおまえは、もう普通の暮らしには戻れないだろう。だが約束する。俺は絶対に、おまえを哀《かな》しませたりしない。おまえを傷つけるすべてのものから、一生護《まも》ってやる。だから――これからもずっと、ついてきてくれるか？」

今日はなんの記念日でもない。ただ、いつもと同じ日常の一ページ。

しかし、家族に恵まれず、親の愛を知らずに育ったふたりにとって、なんの変哲もない平穏な朝食の風景は、特別なもので。

だから、指輪に愛を誓うには、最適の日だ。

菫は人差し指で涙をぬぐい、顔を上げる。

「はい。どこまでも、お供いたします」

その笑顔を見た桐也は、彼女を抱き締めた。菫もその背中に強く手を回す。

家族になったふたりを祝福するかのように、すみれ色の指輪がきらきらと輝いていた。

お便りはこちらまで

〒一〇二―八一七七
富士見L文庫編集部　気付
美月りん（様）宛
篁　ふみ（様）宛
すずまる（様）宛

富士見L文庫

意地悪《いじわる》な母《はは》と姉《あね》に売《う》られた私《わたし》。何故《なぜ》か若頭《わかがしら》に溺愛《できあい》されてます

美月《みつき》りん

2022年8月15日　初版発行
2023年5月15日　6版発行

発行者　山下直久
発　行　株式会社 KADOKAWA
〒102-8177　東京都千代田区富士見2-13-3
電話　0570-002-301（ナビダイヤル）

印刷所　株式会社 KADOKAWA
製本所　株式会社 KADOKAWA
装丁者　西村弘美

定価はカバーに表示してあります。　◆◇◇

●お問い合わせ
https://www.kadokawa.co.jp/（「お問い合わせ」へお進みください）
※内容によっては、お答えできない場合があります。
※サポートは日本国内のみとさせていただきます。
※Japanese text only

ISBN 978-4-04-074646-3 C0193